I0680070

ARIANE,

TRAGÉDIE

DE T. CORNEILLE.

À PARIS,

Au Bureau de la Petite Bibliotheque des Théatres,
rue des Moulins, butte S. Roch, n°. 11.

M. DCC. LXXXVI.

YS 4916

S U J E T
D ' A R I A N E.

THÉSÉE ayant reçu d'Ariane le fil qui le sauva du labyrinthe de Crete, l'emmena, avec sa sœur Phedre, à la Cour d'Œnarus, Roi de Naxe. Là, Thésée devoit épouser Ariane, et il n'attendoit pour célébrer cet hymen que l'arrivée de son ami Pirithoüs. Pirithoüs arrive ; mais Thésée est devenu amoureux de Phedre, qui, sans égard à ce qu'elle doit à sa sœur, écoute favorablement Thésée, et se laisse emmener, à son tour, par lui. Ariane apprend cette trahison. Œnarus, qui l'aime, depuis qu'elle est à sa Cour, lui propose de l'en venger en la plaçant sur son trône. Elle refuse cette offre, et cherche à se saisir de l'épée de Pirithoüs pour se tuer ; mais on s'oppose à sa fureur, et on l'engage à conserver ses jours.

JUGEMENS ET ANECDOTES

SUR

A R I A N E.

« Voici une Tragédie dont le sujet est aussi simple que celui de *Bérénice*, au jugement des freres Parfaict ; mais dont le fonds fait naître des mouvemens beaucoup plus vifs. Ariane, abandonnée par un ingrat qu'elle aime, et trahie par Phedre, sa propre sœur, présente un tableau plus sensible et plus à la portée du Public, en général, que celui de Bérénice, simplement obligée à renoncer à un amant qu'elle aime et dont elle est aimée. Le personnage d'Ariane intéresse du commencement à la fin : il est rendu avec art de la part du Poëte, et quoique sa versification ne soit pas élégante, elle est du moins pathétique. »

De Visé, en parlant d'*Ariane*, dit dans son

Mercure Galant du 5 Mars 1671. « On ne peut rien voir de plus touchant, et cette Princesse s'exprime avec des sentimens si tendres et si nouveaux que personne ne croit qu'on puisse mieux réussir en ce genre d'écrire ; et, pour tout dire enfin, les charmes de *Bajazet* n'ont pas empêché leurs admirateurs d'en trouver dans cette Piece, et d'y retourner plus d'une fois. »

Le même de Visé, dans le *Mercure Galant* de Janvier 1710, prétend que « Corneille de Lisle étoit retiré à la campagne lorsqu'il fit *Ariane*, et qu'il y employa quarante jours. » Ce qui contredit le passage de l'Eloge de Thomas Corneille par M. de Boze, et que nous avons rapporté dans la Vie de l'Auteur d'*Ariane* ; mais que l'on s'arrête à l'opinion de de Visé plutôt qu'à celle de M. de Boze, Thomas Corneille aura toujours, dans son chef-d'œuvre, fait preuve de son extrême facilité.

Mademoiselle Champmêlé établit le rôle d'Ariane dans sa nouveauté, avec tout le succès que l'on pouvoit attendre de son talent enchanteur, et il passa ensuite à Mademoiselle du Clos.

« Un jour le Parterre redemanda cette Pièce, lorsque Dancourt, l'Orateur de la Troupe, s'avançoit pour en annoncer une autre. Dancourt se trouva embarrassé. Ariane étoit le triomphe de Mademoiselle du Clos : elle y excelloit ; mais malheureusement elle étoit chargée d'un certain fardeau, qu'elle n'avoit pas reçu des mains de l'hymen, et qui touchoit au terme prescrit par la nature. C'étoit cet état qu'il falloit apprendre au Parterre, sans blesser la délicatesse de l'Actrice, de laquelle l'Acteur savoit qu'il seroit entendu. Lorsque le tumulte des cris est tombé, Dancourt s'avance, se répand en excuses et en complimens, cite une maladie de Mademoiselle du Clos; et, par un geste adroit, il désigne le siége du mal. A l'instant, Mademoiselle du Clos, qui l'observe, s'élance rapidement des coulisses, vole sur le bord du Théâtre, appuie un soufflet sur la joue de l'Orateur, et, se tournant vers le Parterre, avec le même feu, elle dit : *A demain Ariane.* » *Anec. Dramatiques*, &c.

Marie-Anne de Château-Neuf, qui avoit pris le surnom de du Clos, parce qu'elle étoit petite fille d'un Acteur de ce nom, de la Troupe de l'Hôtel de Bourgogne, naquit à Paris, et commença par chanter à l'Opéra ; mais, n'y réussissant point, elle essaya des rôles tragiques du Théatre François, et débuta, en 1695, par *Junie*, dans *Géta*. Elle doubla ensuite Mademoiselle Champmêlé dans tous ses rôles, avec succès. Elle épousa le Comédien Pierre-Jacques du Chemin ; mais elle plaida bientôt en séparation, et l'obtint. Elle est restée au Théatre jusqu'en 1736, et s'est retirée avec une pension de la Cour de mille livres, et est morte le 18 Juin 1748, âgée de soixante-dix-huit ans.

« Dans l'une de nos Provinces méridionales où Mademoiselle Clairon jouoit ce rôle, se l'étant approprié et le rendant d'une maniere si intéressante, elle reçut un éloge bien flatteur ; ce fut la sensibilité elle-même qui l'applaudit. Dans la scene cinquieme du troisieme acte, où Ariane cherche, avec sa confidente Nérine, quelle peut être sa rivale, à ce vers :

« Est-ce Mégiste, Églé qui le rend infidele ? »

L'Actrice vit un jeune homme, qui, les yeux en pleurs, se penchoit vers elle, et lui crioit,

d'une voix étouffée : *C'est Phedre, c'est Phedre.* »
Ibidem.

Mademoiselle Saint-Val cadette remplit ac-
tuellement le rôle d'Ariane ; et l'on sait avec
quelle vérité d'expression elle s'empare de l'ame
des Spectateurs, dans tous les rôles de sensibilité
qui lui sont confiés.

Ariane fut parodiée par un Comédien de Toulouse, nommé du Bruit de Charville. Sa Pièce
est intitulée, *Les deux Sœurs rivales*, Parodie
critique, en un acte, en vers, de la Tragédie
d'*Ariane*, avec un Divertissement, dédiée à
M. de Prougen, Conseiller au Parlement de
Toulouse, représentée à Toulouse en 1729, et
imprimée dans la même ville et la même année,
chez Pierre Robert, *in-8°.*

Il y a à nos trois grands Théâtres plusieurs
Pièces qui portent le titre d'*Ariane* ; mais elles
présentent le principal personnage dans des situa-
tions différentes de celle qu'a choisi Thomas
Corneille. Nous les ferons connoître par la
suite, selon les occasions que nous en aurons.

ARIANE,

TRAGÉDIE

DE T. CORNEILLE;

Représentée en 1672.

PERSONNAGES.

ŒNARUS, Roi de Naxe.

THESÉE, Fils d'Ægée, Roi d'Athenes.

PIRITHOUS, Fils d'Ixion, Roi des Lapithes.

ARIANE, Fille de Minos, Roi de Crete.

PHEDRE, Sœur d'Ariane.

NERINE, Confidente d'Ariane.

ARCAS, Naxien, Confident d'Œnarus.

La Scene est dans l'Isle de Naxe.

ARIANE,
TRAGÉDIE.

ACTE PREMIER.

SCENE PREMIERE.

ŒNARUS, ARCAS.

ŒNARUS.

JE le confesse, Arcas, ma foiblesse redouble,
Je ne puis voir ici Pirithoüs sans trouble.
Quelques maux où ma flamme ait dû me préparer,
C'étoit toujours beaucoup que les voir différer.
La Princesse avoit beau m'étaler sa constance,
Son hymen reculé flattoit mon espérance ;
Et si Thésée avoit et son cœur et sa foi,
Contre elle, contre lui le tems étoit pour moi.
De ce foible secours Pirithoüs me prive ;
Par lui de mon malheur l'instant fatal arrive.
Cet ami si long-tems de Thésée attendu,
Pour partager sa joie en ces lieux s'est rendu :
Il vient être témoin du bonheur de sa flamme ;
Ainsi plus de remise, il faut m'arracher l'ame,

Et me soumettre enfin au tourment sans égal
De voir tout ce que j'aime au pouvoir d'un rival.

ARCAS.

Ariane vous charme, et sans doute elle est belle ;
Mais, Seigneur, quand l'amour vous a parlé pour elle,
Avez-vous ignoré que déja d'autres feux
La mettoient hors d'état de répondre à vos vœux ?
Si tôt que dans cette isle où les vents la poussèrent,
Aux yeux de votre Cour ses beautés éclaterent,
Vous sûtes que Thésée avoit par son secours,
Du labyrinthe en Crête évité les détours,
Et que, pour reconnoître un amour si fidele,
Vainqueur du Minotaure, il fuyoit avec elle.
Quel espoir vous laissoient des nœuds si bien formés ?
Ils étoient l'un de l'autre également charmés :
Chacun d'eux l'avouoit ; et vous-même en cette isle,
Contre le fier Minos leur promettant asyle,
Vous les pressiez d'abord d'avancer l'heureux jour
Qui devoit par l'hymen couronner leur amour.

OENARUS.

Que n'ont-ils pu me croire ! ils m'auroient vu sans peine
Consentir à ces nœuds dont l'image me gêne !
Quoique alors Ariane eût les mêmes appas,
On résiste aisément quand on n'espere pas ;
Et du moins je n'eusse eu pour sauver ma franchise
Qu'à vaincre de mes sens la premiere surprise.
Mais si mon triste cœur à l'amour s'est rendu,
Thésée en est la cause, et lui seul m'a perdu.
Sans songer quels honneurs l'attendent dans Athenes,
Ici depuis trois mois il languit dans ses chaînes ;

Et quoique dans l'hymen il dût trouver d'appas,
Pirithoüs absent, il ne les goûtoit pas.
Pour en choisir le jour il a fallu l'attendre,
C'est beaucoup d'amitié pour un amour si tendre;
Ces délais démentoient un cœur bien enflammé,
Et qui n'auroit pas cru qu'il n'auroit point aimé ?
Voilà sur quoi mon ame, à l'espoir enhardie,
S'est peut-être en secret un peu trop applaudie.
Les plus charmans objets qui brillent dans ma Cour
Sembloient chercher Thésée et briguer son amour.
Il rendoit quelques soins à Mégiste, à Cyane,
Tout cela me flattoit du côté d'Ariane;
Et j'allois quelquefois jusqu'à m'imaginer
Qu'il dédaignoit un bien qu'il n'osoit me donner.

ARCAS.

Dans l'étroite amitié qui depuis tant d'années
De deux amis si chers unit les destinées,
Il n'est pas surprenant que malgré de beaux feux
Thésée ait jusqu'ici refusé d'être heureux.
C'est de quoi mieux goûter le fruit de sa victoire
Qu'avoir Pirithoüs pour témoin de sa gloire.
Mais, Seigneur, Ariane a-t-elle en son amant
Blâmé pour un ami ce trop d'empressement ?
En avez-vous trouvé plus d'accès auprès d'elle ?

ŒNARUS.

C'est-là ma peine, Arcas, Ariane est fidelle;
Mes languissans regards, mes inquiets soupirs
N'ont que trop de ma flamme expliqué les desirs.
C'étoit peu, j'ai parlé; mais pour l'heureux Thésée
D'un feu si violent son ame est embrasée

Qu'elle a toujours depu's appliqué tous ses soins
A fuir l'occasion de me voir sans temoins.
Phédre , sa sœur , qui sait les peines que j'enduré,
Soulage en m'écoutant ma funeste aventure;
Et comme il ne faut rien pour flatter un amant,
Je m'obstine par elle , et chéris mon tourment.

ARCAS.

Avec un tel secours vous êtes moins à plaindre;
Mais Phédre est sans amour , et d'un mérite à craindre;
Vous la voyez souvent , et j'admire , Seigneur,
Que sa beauté n'ait rien qui touche votre cœur.

ŒNARUS.

Vois par-là de l'amour le bizarre caprice.
Phédre dans sa beauté n'a rien qui m'éblouisse ,
Les charmes de sa sœur sont à peine aussi doux ,
Je n'ai qu'à dire un mot , pour en être l'époux;
Cependant quoiqu'aimable , et peut-être plus belle,
Je la vois , je lui parle , et ne sens rien pour elle.
Non , ce n'est ni par choix , ni par raison d'aimer
Qu'en voyant ce qui plaît on se laisse enflammer:
D'un aveugle penchant le charme imperceptible
Frappe , saisit , entraîne et rend un cœur sensible;
Et par une sécrette et nécessaire loi ,
On se livre à l'amour sans qu'on sache pourquoi.
Je l'éprouve au supplice où le Ciel me condamne :
Tout me parle pour Phédre et tout contre Ariane;
Et , quoique sur le choix ma raison ait de jour,
L'une a ma seule estime et l'autre mon amour.

ARCAS.

Mais d'un pareil amour n'êtes-vous pas le maître?
Qui peut tout ose tout.

ŒNARUS.

Que me fais-tu connoître?

L'ayant reçue ici j'aurois la lâcheté
De violer les droits de l'hospitalité!
Quand je m'y résoudrois, quel espoir pour ma flamme!
En la tyrannisant toucherois-je son ame?
Thésée est un Héros fameux par tant d'exploits
Qu'auprès d'elle en mérite il efface les Rois:
Son cœur est tout à lui, j'en connois la constance,
Et nous ferions en vain agir la violence.
Ainsi par mon respect, au défaut d'être aimé,
Méritons jusqu'au bout de m'en voir estimé.
Par d'illustres efforts les grands cœurs se connoissent:
Et malgré mon amour... Mais les Princes paroissent.

SCENE II.

THESÉE, PIRITHOUS, ŒNARUS, ARCAS.

ŒNARUS.

ENFIN voici ce jour si long-tems attendu,
Pirithoüs dans Naxe à Thésée est rendu:
Et quand un heureux sort permet qu'il le revoie,
Il n'est pas mal aisé de juger de sa joie:
Après un tel bonheur rien ne manque à sa foi?

PIRITHOUS.

Cette joie est encor plus sensible pour moi,
Seigneur; et plus Thésée a pendant mon absence,
D'un destin rigoureux souffert la violence,
Plus c'est pour ma tendresse un aimable transport
D'embrasser un ami dont j'ai pleuré la mort.
Qui l'eût cru, que du sort le choix illégitime,
L'ayant au Minotaure envoyé pour victime,
Il dût par un triomphe à jamais glorieux,
Affranchir son pays d'un tribut odieux?
Sur le bruit qui rendoit ces nouvelles certaines,
L'espoir de son retour m'attira dans Athenes;
Et, par un ordre exprès, ce fut là que je sus
Qu'il attendoit ici son cher Pirithoüs.
Soudain je vole à Naxe, où de sa renommée
Mon ame à le revoir est d'autant plus charmée
Que tout comblé qu'il est des faveurs d'un grand Roi,
Même zele toujours l'intéresse pour moi.

ŒNARUS.

Que Thésée est heureux! tandis qu'il peut attendre
Tous les biens que promet l'amitié la plus tendre,
Du plus parfait amour les favorables nœuds
N'ont rien qu'un bel objet n'abandonne à ses vœux!

THESÉE.

Il ne faut pas juger sur ce qu'on voit paroître,
Seigneur: on n'est heureux qu'autant qu'on le croit être.
Vous m'accablez de biens; et quand je vous dois tant,
Ne pouvant m'acquitter, je ne vis point content.

ŒNARUS.

Ce que j'ai fait pour vous vaut peu quel'on y pense;

Mais , si j'en attendois quelque reconnoissance,
Prince, me dussiez-vous et la vie et l'honneur,
Il seroit un moyen...

THESÉE.

Quel ? achevez, Seigneur ;
J'offre tout, et déja mon cœur cede à la joie
De penser...

ŒNARUS.

Vous voulez en vain que je le croie ;
Cessez d'avoir pour moi des soins trop empressés :
Il vous en coûteroit plus que vous ne pensez.

THESÉE.

Doutez-vous de mon zele , et...

ŒNARUS

Non , je me condamne ;
Aimez Pirithoüs , possédez Ariane :
Un ami si parfait... de si charmans appas...
J'en dis trop, c'est à vous à ne m'entendre pas ;
Ma gloire le veut, Prince, et je vous le demande.

(Il sort avec Arcas.)

SCENE III.

THESÉE, PIRITHOUS.

PIRITHOUS.

JE ne sais si le Roi ne veut pas qu'on l'entende ;
Mais au nom d'Ariane un peu trop de chaleur
Me fait craindre pour vous le trouble de son cœur :
Songez-y , s'il falloit qu'épris d'amour pour elle...

THESÉE.

Sa passion est forte et ne m'est pas nouvelle :
Je la sus dès l'instant qu'il s'en laissa charmer ;
Mais ce n'est pas un mal qui me doive alarmer.

PIRITHOUS.

Il est vrai qu'Ariane auroit lieu de se plaindre,
Si chéri sans réserve , elle vous voyoit craindre.
Je viens de lui parler, et je ne vis jamais
Pour un illustre amant de plus ardens souhaits ;
C'est un amour pour vous si fort, si pur, si tendre
Que , quoi que pour vous plaire il fallût entreprendre,
Son cœur de cette gloire uniquement charme...

THESÉE.

Hélas ! et que ne puis-je en être moins aimé !
Je ne me verrois pas dans l'état déplorable
Où me réduit sans cesse un amour qui m'accable,
Un amour qui ne montre à mes sens désolés...
Le puis-je dire ?

PIRITHOUS.

O Dieux ! est-ce vous qui parlez ?
Ariane en beauté par tout si renommée,
Aimant avec excès ne seroit point aimée ?
Vous seriez insensible à de si doux appas ?

THESÉE.

Ils ont de quoi toucher, je ne l'ignore pas.
Ma raison qui toujours s'intéresse pour elle,
Me dit qu'elle est aimable, et mes yeux qu'elle est belle ;
L'amour sur leur rapport tâche de m'ébranler ;
Mais quand le cœur se tait, l'amour a beau parler.
Pour engager ce cœur ces amorces sont vaines,
S'il ne court de lui-même au devant de ses chaînes,
Et ne confond d'abord par ses doux embarras
Tous les raisonnemens d'aimer ou n'aimer pas.

PIRITHOUS.

Mais vous souvenez-vous que pour sauver Thésée,
La fidelle Ariane à tout s'est exposée ?
Par-là du labyrinthe heureusement tiré....

THESÉE.

Il est vrai, tout sans elle étoit désespéré.
Du succès attendu son adresse suivie,
Malgré le sort jaloux, m'a conservé la vie :
Je la dois à ses soins ; mais par quelle rigueur
Vouloir que je la paye aux dépens de mon cœur ?
Ce n'est pas qu'en secret l'ardeur d'un si beau zele,
Contre ma dureté n'ait combattu pour elle.
Touché de son amour, confus de son éclat,
Je me suis mille fois reproché d'être ingrat,
Mille fois j'ai rougi de ce que j'ose faire ;

Mais mon ingratitude est un mal nécessaire,
Et l'on s'efforce en vain, par d'assidus combats
A disposer d'un cœur qui ne se donne pas.

PIRITHOUS.

Votre mérite est grand et peut l'avoir charmée ;
Mais quand elle vous aime, elle se croit aimée :
Ainsi vos vœux d'abord auront flatté sa foi,
Et vous aurez juré....

THESÉE.

Qui n'eût fait comme moi ?
Pour me suivre Ariane abandonnoit son pere ;
Je lui devois la vie : elle avoit de quoi plaire.
Mon cœur sans passion me laissoit présumer
Qu'il prendroit à mon choix l'habitude d'aimer,
Par-là, ce qu'il donnoit à la reconnoissance,
De l'amour auprès d'elle eut l'entiere apparence ;
Pour payer ce qu'au sien je voyois être dû
Mille devoirs.... Hélas ! c'est ce qui m'a perdu.
Je les rendois d'un air à me tromper moi-même,
A croire que déja ma flamme étoit extrême,
Lorsqu'un trouble secret me fit apercevoir
Que souvent pour aimer, c'est peu que le vouloir.
Phédre à mes yeux surpris à toute heure exposée....

PIRITHOUS.

Quoi ! la sœur d'Ariane a fait changer Thésée ?

THESÉE.

Oui, je l'aime ; et telle est cette brûlante ardeur
Qu'il n'est rien qui la puisse arracher de mon cœur.
Sa beauté, pour qui seule en secret je soupire,
M'a fait voir de l'amour jusqu'où s'étend l'Empire ;

Je l'ai connu par elle, et ne m'en sens charmé
Que depuis que je l'aime et que j'en suis aimé.

PIRITHOUS.

Elle vous aime?

THESÉE.

Autant que je le puis attendre
Dans l'intérêt du sang qu'une sœur lui fait prendre.
Comme depuis long-tems l'amitié qui les joint
Forme entre elles des nœuds que l'amour ne rompt point,
Elle a quelquefois peine à contraindre son ame
De laisser sans scrupule agir toute sa flamme,
Et voudroit, pour montrer ce qu'elle sent pour moi,
Qu'Ariane eût cessé de prétendre à ma foi.
Cependant pour ôter toute la défiance
Qu'auroit donné le cours de notre intelligence,
Naxe a peu de beautés pour qui des soins rendus
Ne me semblent coûter quelques soupirs perdus;
Cyane, Æglé, Mégiste ont part à cet hommage,
Ariane le voit et n'en prend point d'ombrage,
Rien n'alarme son cœur, tant ce que je lui doi
Contre ma trahison lui répond de ma foi !

PIRITHOUS.

Des devoirs partagés ont trop d'indifférence
Pour vous faire aisément soupçonner d'inconstance;
Mais quand depuis trois mois vous m'avez attendu,
Ne vous déclarant point, qu'avez-vous prétendu?

THESÉE.

Flatter l'espoir du Roi, donner tems à sa flamme
De pouvoir, malgré lui, tyranniser son ame,

B

Gagner l'esprit de Phédre et me débarrasser
D'un hymen dont peut-être on m'auroit fait presser.
PIRITHOUS.
Mais me voici dans Naxe, et, quoi qu'on puisse faire,
Votre infidélité ne sauroit plus se taire.
Quel prétexte auriez-vous encore à différer ?
THESÉE.
Je me suis trop contraint; il faut me déclarer.
Quoi que doive Ariane en ressentir de peine,
Il faut lui découvrir que son hymen me gêne ;
Et, pour punir mon crime et se venger de moi,
La porter, s'il se peut, à faire choix du Roi.
Vous seul, car de quel front lui confesser moi-même
Qu'en moi c'est un ingrat, un parjure qu'elle aime !
Non, vous lui peindrez mieux l'embarras de mon cœur.
Parlez, mais gardez bien de lui nommer sa sœur.
Savoir qu'une rivale ait mon ame charmée,
La chercher, la trouver dans une sœur aimée,
Ce seroit un supplice, après mon changement,
A faire tout oser à son ressentiment.
Ménagez sa douleur pour la rendre plus lente,
Avouez-lui l'amour, mais cachez lui l'amante.
Sur qui que ces soupçons puissent ailleurs tomber,
Phédre à sa défiance est seule à dérober.
PIRITHOUS.
Je tairai ce qu'il faut ; mais comme je condamne
Votre ingrate conduite au regard d'Ariane,
N'attendez point de moi que pour vous dégager
Je lui parle du feu qui vous porte à changer ;
C'est un aveu honteux qu'un autre lui peut faire.

Cependant mon secours vous étant nécessaire,
Si sur l'hymen du Roi je puis être écouté,
J'appuirai le projet dont je vous vois flatté....
Phédre vient, je vous laisse.

(*Il sort.*)

THESÉE.

O trop charmante vue!

SCENE IV.

PHÉDRE, THESÉE.

THESÉE.

EH! bien, à quoi, Madame, êtes-vous résolue?
Je n'ai plus de prétexte à cacher mon secret.
Ne verrez-vous jamais mon amour qu'à regret?
Et quand Pirithoüs, que je feignois d'attendre,
Me contraint à l'éclat qu'il m'a fallu suspendre,
M'aimerez-vous si peu, que pour le retarder
Vous me disiez encor que c'est trop hasarder?

PHÉDRE.

Vous pouvez là dessus vous répondre vous-même,
Prince: je vous l'ai dit, il est vrai, je vous aime;
Et quand d'un cœur bien né la gloire est le secours,
L'avoir dit une fois, c'est le dire toujours.
Je n'examine point si je pouvois sans blâme
Au feu qui m'a surpris abandonner mon ame;
Peut-être à m'en défendre aurois-je trouvé jour;

B ij

Mais il entre souvent du destin dans l'amour,
Et dût-il m'en coûter un éternel martyre,
Le destin l'a voulu, c'est à moi d'y souscrire.
J'aime donc ; mais malgré l'appas flatteur et doux
Des tendres sentimens qui me parlent pour vous,
Je ne puis oublier qu'Ariane exilée
S'est pour vos intérêts elle même immolée,
Qu'aucun amour jamais n'eut tant de fermeté,
Qu'ayant tout fait pour vous elle a tout mérité ;
Et plus l'instant approche où cette infortunée
Après un long espoir doit être abandonnée,
Plus un secret remords trouve à me reprocher
Que je lui vole un bien qui lui coûte si cher.
Vous lui devez ce cœur dont vous m'offrez l'hommage,
Vous lui devez la foi que votre amour m'engage,
Vous lui devez ces vœux que déja tant de fois....

THESÉE.

Ah ! ne me parlez plus de ce que je lui dois !
Pour elle contre vous qu'ai-je oublié de faire ?
Quels efforts ! j'ai tâché de l'aimer pour vous plaire.
C'est mon crime, et peut-être il m'en faudroit haïr ;
Mais vous m'en donniez l'ordre, il falloit obéir.
Il falloit me la peindre aimable, jeune, belle ;
Voir son pays quitté, mes jours sauvés par elle.
C'étoit de quoi sans doute assujettir mes vœux
A n'aimer qu'à lui plaire, à m'en tenir heureux ;
Mais son mérite en vain sembloit fixer ma flamme,
Un tendre souvenir frappoit soudain mon ame,
Dès le moindre retour vers un charme si doux,
Je cédois au penchant qui m'entraîne vers vous,

Et sentois diffiper par cette ardeur nouvelle
Tous les projets d'amour que j'avois fait pour elle.

PHEDRE.

J'aurois de ces combats affranchi votre cœur,
Si j'eusse eu pour rivale une autre qu'une sœur;
Mais trahir l'amitié dont on la voit sans cesse...
Non, Thésée, elle m'aime avec trop de tendresse?
D'un supplice si rude il faut la garantir :
Sans doute elle en mourroit; je·n'y puis consentir.
Rendez·lui votre amour, cet amour qui sans elle
Auroit peut-être dû me demeurer fidele,
Cet amour qui toujours trop propre à me charmer,
N'ose...

THESÉE.

    Apprenez-moi donc à ne vous plus aimer,
A briser ces liens où mon ame asservie
A mis tout ce qui fait le bonheur de ma vie;
Ces feux dont ma raison ne sauroit triompher,
Apprenez·moi comment on peut les étouffer,
Comment on peut du cœur bannir la chere image...
Mais à quel sentiment ma paffion m'engage!
Si la douceur d'aimer a pour vous quelque appas,
Me pourriez-vous apprendre à ne vous aimer pas?

PHEDRE.

Il en est un moyen que ma gloire envisage,
Il faut de votre cœur arracher cette image.
Ma vue étant pour vous un mal contagieux,
Pour dégager ce cœur, commencez par les yeux.
Fuyez de mes regards la trop flatteuse amorce;
Plus vous les souffrirez, plus ils auront de force;

B Hj

Ce n'est qu'en s'éloignant qu'on pare de tels coups;
Si le triomphe est rude, il est digne de vous.
Il est beau d'étouffer ce qui peut trop nous plaire,
D'immoler à sa gloire...

THESÉE.

Eh ! le pourrez-vous faire?
Ces traits qu'en votre cœur mon amour a tracés,
Quand vous me verrez moins seront-ils effacés,
Oublirez-vous si-tôt cet ardent sacrifice...

PHEDRE.

Cruel ! pourquoi vouloir accroître mon supplice?
M'accable-t-il si peu, qu'il y faille ajouter
Les plaintes d'un amour que je n'ose écouter,
Puisque mon fier devoir le condamne à se taire,
Laissez-moi me cacher que vous m'avez su plaire;
Laissez-moi déguiser à mes chagrins jaloux
Qu'il n'est point d'heur pour moi, point de repos sans
     vous.
C'est trop, déjà mon cœur à ma gloire infidele,
De mes sens mutinés suit le parti rebelle;
Il se trouble, il s'emporte, et dès que je vous vois,
Ma tremblante vertu ne répond plus de moi.

THESÉE.

Ah ! puisqu'en ma faveur l'amour fait ce miracle,
Oubliez qu'une sœur y voudra mettre obstacle !
Pourquoi, pour l'épargner trahir un si beau feu?

PHEDRE.

Mais sur quoi vous flatter d'obtenir son aveu?
Sachant que vous m'aimez....

THESÉE.

      C'est ce qu'il lui faut taire.
Sa fuite de Minos allume la colere :
Pour se mettre à couvert elle a besoin d'appui ;
Le Roi l'aime, faisons qu'elle s'attache à lui,
Et qu'acceptant sa main, au défaut de la mienne,
Elle souffre en ces lieux qu'un trône la soutienne.
Quand un nouvel amour par l'hymen établi
M'aura par l'habitude attiré son oubli,
Qu'elle verra pour moi son mépris nécessaire,
Nous pourrons de nos feux découvrir le mystere.
Mais prêt à la porter à ce grand changement,
J'ai besoin de vous voir enhardir un amant,
De voir que dans vos yeux, quand ce projet me flatte,
En faveur de l'amour un peu de joie éclate :
Que contre vos frayeurs rassurant votre esprit,
Elle efface. . . .

PHEDRE.

   Allez, Prince, on vous aime; il suffit.
Peut-être que sur moi la crainte a trop d'empire,
Suivez ce qu'en secret votre cœur vous inspire ;
Et de quoi que le mien puisse encor s'alarmer,
N'écoutez que l'amour si vous savez aimer.

Fin du premier Acte.

ACTE II.

SCENE PREMIERE.

ARIANE, NERINE.

NERINE.

LE Roi de ce refus eût eu lieu de se plaindre,
Madame; vous devez un moment vous contraindre,
Et quoiqu'en l'écoutant vous ne puissiez douter
Que c'est son amour seul qu'il vous faut écouter,
Votre hymen, dont enfin l'heureux moment s'avance,
Semble vous obliger à cette complaisance.
Il vous perd, et la plainte a de quoi soulager.

ARIANE.

Je sais qu'avec le Roi j'ai tout à ménager,
J'aurois tort de l'aigrir. L'asyle qu'il nous prête
Contre la violence assure ma retraite.
D'ailleurs tant de respect accompagne ses vœux
Que souvent j'ai regret qu'il ne puisse être heureux.
Mais quand d'un premier feu l'ame toute occupée
Ne trouve de douceur qu'aux traits qui l'ont frappés,
C'est un sujet d'ennui qui ne peut s'exprimer
Qu'un amant qu'on néglige et qui parle d'aimer.
Pour m'en rendre la peine à souffrir plus aisée,

Tandis que le Roi vient, parle-moi de Thésée ;
Peins-moi bien quel honneur je reçois de sa foi,
Peins-moi bien tout l'amour dont il brûle pour moi ,
Offres-en à mes yeux la plus sensible image.

NERINE.

Je crois que de son cœur vous avez tout l'hommage ;
Mais au point que de lui je vois vos sens charmés,
C'est beaucoup s'il vous aime autant que vous l'aimez.

ARIANE.

Eh ! puis-je trop l'aimer, quand tout brillant de gloire ,
Mille fameux exploits l'offrent à ma mémoire ?
De cent monstres par lui l'univers dégagé
Se voit d'un mauvais sang heureusement purgé.
Combien ainsi qu'Hercule a-t-il pris de victimes ?
Combien vengé de morts ? combien puni de crimes ?
Procuste et Cercyon, la terreur des humains,
N'ont-ils pas succombé sous ses vaillantes mains ?
Ce n'est point le vanter que ce qu'on m'entend dire ;
Tout le monde le sait , tout le monde l'admire ;
Mais c'est peu, je voudrois que tout ce que je voi
S'en entretînt sans cesse, en parlât comme moi.
J'aime Phédre : tu sais combien elle m'est chere ;
Si quelque chose en elle a de quoi me déplaire ,
C'est de voir son esprit de froideur combattu ,
Négliger entre nous de louer sa vertu.
Quand je dis qu'il s'acquiert une gloire immortelle ,
Elle applaudit, m'approuve, et qui feroit moins qu'elle ?
Mais enfin d'elle-même on ne l'entend jamais
De ce charmant Héros élever les hauts faits ;
Il faut en leur faveur expliquer son silence.

NERINE.

Je ne m'étonne point de cette indifférence ;
N'ayant jamais aimé, son cœur ne conçoit pas....

ARIANE.

Elle évite peut-être un cruel embarras !
L'amour n'a bien souvent qu'une douceur trompeuse;
Mais vivre indifférente, est-ce une vie heureuse ?

NERINE.

Apprenez-le du Roi, qui de vous trop charmé,
Ne souffriroit pas tant, s'il n'avoit point aimé.

S C E N E   I I.

ŒNARUS, ARIANE, NERINE.

ŒNARUS.

NE vous offensez point, Princesse incomparable,
Si, prêt à succomber au malheur qui m'accable,
Pour la derniere fois j'ai tâché d'obtenir
La triste liberté de vous entretenir....
Je la demande entiere; et quoi que puisse dire
Ce feu qui malgré vous prend sur moi trop d'empire,
Vous pouvez sans scrupule en voir mon cœur atteint,
Quand pour prix de mes maux je ne veux qu'être
        plaint.

ARIANE.

Je connois tout l'amour dont votre ame est éprise,
Son excès m'a souvent causé de la surprise,

Et vous ne direz rien que mon cœur interdit
Pour vous-même avant vous ne se soit déjà dit.
Tant d'ardeur méritoit que ce cœur plus sensible
A l'offre de vos vœux ne fût pas inflexible,
Que d'un si noble hommage il se trouvât charmé;
Mais quand je vous ai vu, Thésée étoit aimé.
Vous savez son mérite, et le prix qu'il me coûte;
Après cela, Seigneur, parlez, je vous écoute.

ŒNARUS.

Thésée a du mérite, et, je l'ai dit cent fois,
Votre amour eût eu peine à faire un plus beau choix.
Par-tout sa gloire éclate, on l'estime, on l'honore;
Il vous aime, ou plutôt, Madame, il vous adore:
Vous le dire à toute heure est son soin le plus doux;
Et qui pourroit moins faire étant aimé de vous?
Après cette justice à sa flamme rendue,
La mienne par pitié sera-t-elle entendue?
Je ne vous redis point que tous mes sens ravis
Céderent à l'amour si-tôt que je vous vis.
Vous l'avez déjà su par l'aveu téméraire
Que de ma passion j'osai d'abord vous faire.
Il fallut, pour cesser de vous être suspect,
Ne vous en parler plus; je l'ai fait, par respect,
Pour ne vous aigrir pas, d'un rigoureux silence
Je me suis imposé la dure violence;
Et s'il m'est échappé d'en soupirer tout bas,
C'étoit bien m'en punir que ne m'écouter pas.
Tant de rigueur n'a pu diminuer ma flamme;
Pour vous voir sans pitié je n'ai point changé d'ame;
J'ai souffert, j'ai langui d'amour tout consumé,

Madame ; et tout cela sans espoir d'être aimé.
Par vos seuls intérêts vous m'avez été chere,
J'ai regardé l'amour sans chercher le salaire ;
Et même en ce funeste et dernier entretien,
Prêt peut être à mourir, je ne demande rien.
Rendez Thésée heureux, vous l'aimez, il vous aime ;
Mais songez, en plaignant mon infortune extrême,
Que vos bienfaits n'ont point sollicité ma foi,
Que vous n'avez rien fait, rien hasardé pour moi,
Et que lorsque mon cœur dispose de ma vie,
C'est sans vous la devoir qu'il vous la sacrifie.
Pour prix du pur amour qui me fait soupirer,
S'il étoit quelque grace où je pusse aspirer,
Je vous demanderois, pour flatter mon martyre,
Qu'au moins quand je vous perds vous daignassiez me
         dire
Que sans ce premier feu, pour vous si plein d'appas,
J'aurois pu par mes soins ne vous déplaire pas.
Pour adoucir les maux où votre hymen m'expose,
Ce que j'ose exiger sans doute est peu de chose ;
Mais un mot favorable, un sincere soupir
Est tout pour qui ne veut que l'entendre et mourir.

ARIANE.

Seigneur, tant de vertu dans votre amour éclate
Qu'il faut vous l'avouer, je ne suis pas ingrate.
Mon cœur se sent touché de ce que je vous doi,
Et voudroit être à vous, s'il pouvoit être à moi ;
Mais il perdroit le prix dont vous le croyez être,
Si l'infidélité vous en rendoit le maître.
Thésée y regne seul et s'y trouve adoré.

Dès

Dès la premiere fois je vous l'ai déclaré,
Dès la premiere fois...

ŒNARUS.

C'en est assez, Madame,
Thésée a mérité que vous payiez sa flamme.
Pour lui Pirithoüs arrivé dans ma Cour
Va presser votre hymen; choisissez-en le jour.
S'il faut que je donne ordre à l'aprêt nécessaire,
Parlez; il me suffit que ce sera vous plaire;
J'exécuterai tout. Peut-être il seroit mieux
De vouloir épargner ce supplice à mes yeux.
Que doit faire le coup, si l'image me tue?
Mais je me priverois par-là de votre vue;
C'est ce qui peut sur-tout aigrir mon désespoir,
Et j'aime mieux mourir que cesser de vous voir.

─────────────────────────────

SCENE III.

THESÉE, ŒNARUS, ARIANE, NERINE.

ŒNARUS.

PRINCE, mon trouble parle; et quand je voudrois
      taire
Le supplice où m'expose un destin tout contraire,
De mes yeux interdits la confuse langueur
Trahiroit malgré moi le secret de mon cœur.
J'aime, et de cet amour dont j'adore les charmes,
La Princesse est l'objet : n'en prenez point d'alarmes.

C

Au point de votre hymen vous en faire l'aveu ,
C'est vous montrer assez ce qu'est un si beau feu.
De tous ses mouvemens ma raison me rend maître :
L'effort est grand, sans doute ; on en souffre, et peut-
        être
Un rival tel que moi , par sa vertu trahi,
Mérite d'être plaint , et non d'être haï.
C'est tout ce qu'il prétend pour prix de sa victoire.
Ce malheureux rival qui s'immole à sa gloire.
Vos soupçons auroient pu faire outrage à ma foi ,
S'ils s'étoient avec vous expliqués avant moi ;
 C'est en les prévenant que je me justifie.
Ne considérez point le malheur de ma vie.
L'hymen depuis long-tems attire tous vos vœux :
J'y consens ; dès demain vous pouvez être heureux.
Pirithoüs présent n'y laisse plus d'obstacle ;
Ma Cour qui vous honore attend ce grand spectacle;
Ordonnez-en la pompe , et dans un sort si doux
Quoi que j'aie à souffrir , ne regardez que vous....
(*A Ariane.*)
Adieu , Madame,

                            (*Il sort.*)

SCENE IV.

THESÉE, ARIANE, NERINE.

THESÉE.

Il faut l'avouer à sa gloire,
Sa vertu va plus loin que je n'aurois pu croire,
Au bonheur d'un rival lui-même consentir !

ARIANE.

L'honneur à cet effort a dû l'assujetir.
Q'eût-il fait ? il sait trop que mon amour extrême,
En s'attachant à vous, n'a cherché que vous-même,
Et qu'ayant tout quitté pour vous prouver ma foi,
Mille trônes offerts ne pourroient rien sur moi.

THESÉE.

Tant d'amour me confond ; et plus je vois, Madame,
Que je dois....

ARIANE.

Apprenez un projet de ma flamme.
Pour m'attacher à vous par de plus fermes nœuds,
J'ai dans Pirithoüs trouvé ce que je veux.
Vous l'aimez cherement : il faut que l'hyménée
De ma sœur avec lui joigne la destinée,
Et que nous partagions ce que pour les grands cœurs
L'amour et l'amitié font naître de douceurs.
Ma sœur a du mérite, elle est aimable et belle,
Suit mes conseils en tout et je vous réponds d'elle.

C ij

Voyez Pirithoüs, et tâchez d'obtenir
Que par elle avec nous il consente à s'unir.

THESÉE.

L'offre de cet hymen rendra sa joie extrême....
Mais, Madame, le Roi,... Vous savez qu'il vous
    aime ;
S'il faut...

ARIANE.

    Je vous entends : le Roi trop combattu
Peut laisser à l'amour séduire sa vertu ?
Cet inquiet souci ne sauroit me déplaire,
Et pour le dissiper je sais ce qu'il faut faire.

THESÉE.

C'en est trop ; mon cœur... Dieux !

ARIANE.

    Que ce trouble m'est doux !
Ce qu'il vous fait sentir, je me le dis pour vous ;
Je me dis....

THESÉE.

    Plût aux Dieux ! vous sauriez la contrainte...

ARIANE.

Encore un coup, perdez cette jalouse crainte ;
J'en connois le remede, et si l'on m'ose aimer,
Vous n'aurez pas long-tems à vous en alarmer.

THESÉE.

Minos peut vous poursuivre, et si de sa vengeance...

ARIANE.

Et n'ai-je pas en vous une sûre défense ?

THESÉE.

Elle est sûre, il est vrai ; mais...

ARIANE.

Achevez.

THESÉE.

J'attends...

ARIANE.

Ce désordre me gêne et dure trop long-tems ;
Expliquez-vous enfin.

THESÉE.

Je le veux et ne l'ose ;
A mes propres souhaits moi-même je m'oppose :
Je poursuis un aveu que je crains d'obtenir !
Il faut parler pourtant ; c'est trop me retenir.
Vous m'aimez, et peut-être une plus digne flamme
N'a jamais eu de quoi toucher une grande ame.
Tout mon sang auroit peine à m'acquitter vers vous ;
Et cependant le sort de ma gloire jaloux,
Par une tyrannie à vos desirs funeste...
Adieu ; Pirithoüs vous peut dire le reste !
Sans l'amour qui du Roi vous soumet les Etats,
Je vous conseillerois de ne l'apprendre pas.

(Il sort.)

S C E N E V.

PIRITHOUS, ARIANE, NERINE.

ARIANE.

QUEL est ce grand secret, Prince; & par quel mystere
Vouloir me l'expliquer et tout-à-coup se taire?

PIRITHOUS.

Ne me demandez rien : Il sort tout interdit,
Madame; et par son trouble il vous en a trop dit.

ARIANE.

Je vous comprends tous deux ; vous arrivez d'Athenes;
Du sang dont je suis née on n'y veut point de Reines,
Et le peuple indigné refuse à ce héros
D'admettre dans son lit la fille de Minos?
Qu'après la mort d'Ægée il soit toujours le même,
Qu'il m'ôte, s'il se peut, l'honneur du rang suprême;
Trône, Sceptre, grandeur sont des biens superflus;
Thésée étant à moi, je ne veux rien de plus :
Son amour paye assez ce que le mien me coûte ;
Le reste est peu de chose.

PIRITHOUS.

Il vous aime, sans doute;
Eh ! comment pourroit-il avoir le cœur si bas
Que tenir tout de vous et ne vous aimer pas?
Mais, Madame, ce n'est que des ames communes
Que l'amour s'autorise à régler les fortunes.
Qu'Athenes se déclare ou pour ou contre vous,

Vous avez de Minos à craindre le courroux ;
Et l'hymen seul du Roi peut sans incertitude
Vous ôter là-dessus tout lieu d'inquiétude.
Il vous aime, et de vous Naxe prenant la loi
Calmera . . .

ARIANE.

Vous voulez que j'épouse le Roi ?
Certes l'avis est rare ! Et si j'ose vous croire,
Un noble changement me va combler de gloire,
Me connoissez-vous bien ?

PIRITHOUS.

Les moindres lâchetés
Sont pour votre grand cœur des crimes détestés :
Vous avez pour la gloire une ardeur sans pareille ;
Mais, Madame, je sais ce que je vous conseille,
Et si vous me croyez, quels que soient mes avis,
Vous vous trouverez bien de les avoir suivis.

ARIANE.

Qui, moi ! les suivre ? moi qui voudrois pour Thésée
A cent et cent périls voir ma vie exposée !
Dieux ! quel étonnement seroit au sien égal,
S'il savoit qu'un ami parlât pour son rival ?
S'il savoit qu'il voulût lui ravir ce qu'il aime !

PIRITHOUS.

Vous le consulterez ; n'en croyez que lui-même.

ARIANE.

Quoi ! si l'offre d'un trône avoit pu m'éblouir,
Je lui demanderois si je dois le trahir,
Si je dois l'exposer au plus cruel martyre
Qu'un amant . . .

PIRITHOUS.

Je n'ai dit que ce que j'ai dû dire,
Vous y penserez mieux ; et peut-être qu'un jour
Vous prendrez un peu moins le parti de l'amour.
Adieu, Madame. (*Il veut sortir.*)

ARIANE, *à part.*

Il dit ce qu'il faut qu'il me dise ?...

(*A Pirithoüs, le retenant.*)

Demeurez avec moi. C'est en vain qu'on déguise !
Vous en avez trop dit pour ne me pas tirer
D'un doute dont mon cœur commence à soupirer ;
J'en tremble, et c'est pour moi la plus sensible atteinte !
Eclaircissez ce doute et dissipez ma crainte ;
Autrement je croirai qu'une nouvelle ardeur
Rend Thésée infidele et me vole son cœur.
Que pour un autre objet, sans souci de sa gloire...

PIRITHOUS.

Je me tais ; c'est à vous à voir ce qu'il faut croire.

ARIANE.

Ce qu'il faut croire ! Ah ! Dieux ! vous me désespérez !
Je verrois à mes vœux d'autres vœux préférés ;
Thésée à me quitter.... Mais quel soupçon j'écoute !
Non, non, Pirithoüs, on vous trompe, sans doute :
Il m'aime ; et s'il m'en faut séparer quelque jour,
Je pleurerai sa mort, et non pas son amour.

PIRITHOUS.

Souvent ce qui nous plaît, par une erreur fatale...

ARIANE.

Parlez plus clairement ; ai-je quelque rivale ?
Thésée a-t-il changé ? viole-t-il sa foi ?

PIRITHOUS.

Mon silence déja s'est expliqué pour moi ;
Par-là je vous dis tout. Vos ennuis me font peine ;
Mais quand leur seul remede est de vous faire Reine,
N'oubliez point qu'à Naxe on veut vous couronner :
C'est le meilleur conseil qu'on puisse vous donner.
Ma présence commence à vous être importune ,
Je me retire.

(*Il sort.*)

SCENE VI.

ARIANE, NÉRINE.

ARIANE.

As-tu conçu mon infortune ?
Il n'en faut point douter , je suis trahie. Hélas !
Nérine !

NÉRINE.

Je vous plains.

ARIANE.

Qui ne me plaindroit pas !
Tu le sais, tu l'as vu ; j'ai tout fait pour Thésée :
Seule à son mauvais sort je me suis opposée ;
Et quand je me dois tout promettre de sa foi,
Thésée a de l'amour pour une autre que moi !
Une autre passion dans son cœur a pu naître !
J'ai mal ouï, Nérine, et cela ne peut être ;
Ce seroit trahir tout, raison , gloire , équité ;

Thésée a trop de cœur pour tant de lâcheté ;
Pour croire qu'à ma mort son injustice aspire.

NÉRINE.

Pirithoüs ne dit que ce qu'il lui fait dire;
Et quand il a voulu l'attendre si long-tems,
Ce n'étoit qu'un prétexte à ses feux inconstans :
Il nourrissoit dès-lors l'ardeur qui le domine.

ARIANE.

Ah ! que me fais-tu voir , trop cruelle Nérine !
Sur le gouffre des maux qui me vont abîmer ,
Pourquoi m'ouvrir les yeux , quand je les veux fermer?
Hélas ! il est donc vrai que mon ame abusée
N'adoroit qu'un ingrat en adorant Thésée ?
Dieux ! contre un tel ennui soutenez ma raison,
Elle cede à l'horreur de cette trahison;
Je la sens qui déja.... Mais quand elle s'égare
Pourquoi la regretter , cette raison barbare,
Qui ne peut plus servir qu'à me faire mieux voir
Le sujet de ma rage et de mon désespoir ?
Quoi ! Nérine, pour prix de l'amour le plus tendre....;

SCENE VII.

PHEDRE, ARIANE, NÉRINE.

ARIANE.

AH! ma sœur! savez-vous ce qu'on vient de m'ap-
   prendre?
Vous avez cru Thésée un Héros tout parfait?
Vous l'estimiez, sans doute, et qui ne l'eût pas fait?
N'attendez plus de foi, plus d'honneur; tout chancele,
Tout doit être suspect, Thésée est infidele.

PHEDRE.

Quol! Thésée....

ARIANE.

                Oui, ma sœur, après ce qu'il me doit,
Me quitter est le prix que ma flamme en reçoit:
Il me trahit au point que sa foi violée
Doit avoir irrité mon ame désolée.
J'ai honte, en vous contant l'excès de mes malheurs,
Que mon ressentiment s'exhale par mes pleurs.
Son sang devroit payer la douleur qui me presse.
C'est-là, ma sœur, c'est-là, sans pitié, sans tendresse,
Comme après un forfait si noir, si peu commun,
On traite les ingrats, et Thésée en est un.
Mais quol qu'à ma vengeance un fier dépit suggere,
Mon amour est encor plus fort que ma colere,
Ma main tremble, et malgré son parjure odieux,
Je vois toujours en lui ce que j'aime le mieux.

PHEDRE.

Un revers si cruel vous rend sans doute à plaindre;
Et vous voyant souffrir ce qu'on n'a pas dû craindre,
On conçoit aisément jusqu'où le désespoir....

ARIANE.

Ah! qu'on est éloigné de le bien concevoir!
Pour pénétrer l'horreur du tourment de mon ame,
Il faudroit qu'on sentît même ardeur, même flamme,
Qu'avec même tendresse on eût donné sa foi;
Et personne jamais n'a tant aimé que moi.
  Se peut-il qu'un Héros d'une vertu sublime
Souille ainsi.... Quelquefois le remords suit le crime;
Si le sien lui faisoit sentir ces durs combats....
Ma sœur, au nom des Dieux, ne m'abandonnez pas!
Je sais que vous m'aimez, et vous le devez faire,
Vous m'avez dès l'enfance été toujours si chere!
Que cette inébranlable et fidelle amitié
Mérite bien de vous au moins quelque pitié!
Allez trouver.... hélas! dirai-je mon parjure?
Peignez-lui bien l'excès du tourment que j'endure,
Prenez pour l'arracher à ce nouveau penchant,
Ce que les plus grands maux offrent de plus touchant:
Dites-lui qu'à son feu j'immolerois ma vie,
S'il pouvoit vivre heureux après m'avoir trahie;
D'un juste et long remords avancez-lui les coups:
Enfin, ma sœur, enfin, je n'espere qu'en vous.
Le Ciel m'inspira bien, quand par l'amour séduite,
Je vous fis malgré vous accompagner ma fuite.
Il semble que dès-lors il me faisoit prévoir

Le

Le funeste besoin que j'en devois avoir.
Sans vous, à mes malheurs où chercher du remede ?

PHEDRE.

Je vais mander Thésée ; et si son cœur ne cede,
Madame, en lui parlant vous devez présumer....

ARIANE.

Hélas ! et plût au Ciel que vous sussiez aimer,
Que vous pussiez savoir par votre expérience
Jusqu'où d'un fort amour s'étend la violence !
Pour émouvoir l'ingrat, pour fléchir sa rigueur
Vous trouveriez bien mieux le chemin de son cœur ;
Vous auriez plus d'adresse à lui faire l'image
De mes confus transports de douleur et de rage ;
Tous les traits en seroient plus vivement tracés.
N'importe, essayez tout, parlez, priez, pressez :
Au défaut de l'amour, puisqu'il n'a pu vous plaire,
Votre amitié pour moi fera ce qu'il faut faire.
Allez, ma sœur, courez empêcher mon trépas....

(*A Nérine.*)

Toi, viens, suis-moi, Nérine, et ne me quitte pas.

Fin du second Acte.

D

A C T E I I I.

SCENE PREMIERE.

PIRITHOUS, PHEDRE.

PIRITHOUS.

CE seroit perdre tems, il ne faut plus prétendre
Que rien touche Thésée & le force à se rendre.
J'admire encor, Madame, avec quelle vertu
Vous avez de nouveau si long-tems combattu.
Par son manque de foi, contre vous-même armée,
Vous avez fait paroître une sœur opprimée,
Vous avez essayé par un tendre retour
De ramener son cœur vers son premier amour,
Et priere, et menace, et fierté de courage,
Tout vient pour le fléchir d'être mis en usage;
Mais sur ce changement qui semble vous gêner,
L'ingratitude en vain vous le fait condamner,
Vos yeux rendent pour lui ce crime nécessaire;
Et s'il cede aux remords quelquefois pour vous plaire,
Quoi que vous ait promis ce repentir confus,
Si-tôt qu'il vous regarde, il ne s'en souvient plus.

PHÉDRE.

Les Dieux me sont témoins que de son injustice

Je souffre malgré moi qu'il me rende complice. .
Ce qu'il doit à ma sœur méritoit que sa foi
Se fît de l'aimer seule une sévere loi ;
Et quand des longs ennuis où ce refus l'expose,
Par ma facilité je me trouve la cause,
Il n'est peine, supplice où pour l'en garantir
La pitié de ses maux ne me fît consentir.
L'amour que j'ai pour lui me noircit peu vers elle ;
Je l'ai pris sans songer à le rendre infidele ;
Ou plutôt j'ai senti tout mon cœur s'enflammer
Avant que de savoir si je voulois aimer.
Mais si ce feu trop prompt n'eut rien de volontaire,
Il dépendoit de moi de parler ou me taire :
J'ai parlé ; c'est mon crime, et Thésée applaudi
A l'infidélité par-là s'est enhardi.

Ah ! qu'on se défend mal auprès de ce qu'on aime !
Ses regards m'expliquoient sa passion extrême,
Les miens à la flatter s'échappoient malgré moi ;
N'étoit-ce pas assez pour corrompre sa foi ?
J'eus beau vouloir régler son ame trop charmée,
Il fallut voir sa flamme et souffrir d'être aimée :
J'en craignis le péril ; il me sut éblouir...
Que de foiblesse !... Il faut l'empêcher d'en jouir,
Combattre incessamment son infidelle audace....
Allez, Pirithoüs ; revoyez-le, de grace !
De peur qu'en mon amour il prenne trop d'appui,
Otez-lui tout espoir que je puisse être à lui ;
J'ai déja beaucoup dit, dites-lui plus encore.

PIRITHOUS.

Nous avancerions peu, Madame, il vous adore ;

D ij

Et quand pour l'étonner, à force de refus,
Vous vous obstineriez à ne l'écouter plus,
Son ame toute à vous n'en seroit pas plus prête
A suivre d'autres loix et changer de conquête.
Quoique le coup soit rude, achevons de frapper;
Pour servir Ariane, il faut la détromper;
Il faut lui faire voir qu'une flamme nouvelle
Ayant détruit l'amour que Thésée eut pour elle;
Sa sûreté l'oblige à ne pas dédaigner
La gloire d'un hymen qui la fera régner.
Le Roi l'aime, et son trône est pour elle un asyle,

PHÉDRE.

Quoi ! je la trahirois, elle qui trop facile,
Trop aveugle à m'aimer, se confie à ma foi,
Pour toucher un amant qui la quitte pour moi ?
Et quand elle sauroit que par mes foibles charmes,
Pour lui percer le cœur, j'aurois prêté des armes,
Je pourrois à ses yeux lâchement exposer
Les criminels appas qui la font mépriser ?
Je pourrois soutenir le sensible reproche
Qu'un trop juste courroux....

PIRITHOUS.

Voyez qu'elle s'approche...;
Parlons.... Son intérêt nous oblige à bannir
Tout l'espoir que son feu tâche d'entretenir.

SCENE II.

ARIANE, NERINE, PIRITHOUS, PHÉDRE.

ARIANE.

EH! bien, ma sœur, Thésée est-il inexorable ?
N'avez-vous pu surprendre un soupir favorable ?
Et quand au repentir on le porte à céder,
Croit-il que mon amour ose trop demander?

PHÉDRE.

Madame, j'ai tout fait pour ébranler son ame,
J'ai peint son changement lâche, odieux, infâme :
Pirithoüs lui-même est témoin des efforts
Par où j'ai cru pouvoir le contraindre au remords.
Il connoît et son crime et son ingratitude,
Il s'en hait, il en sent la peine la plus rude,
Ses ennuis de vos maux, égalent la rigueur ;
Mais l'amour en tyran dispose de son cœur,
Et le destin, plus fort que sa reconnoissance,
Malgré ce qu'il vous doit, l'entraîne à l'inconstance.

ARIANE.

Quelle excuse ! et pour moi qu'il rend peu de combat !
Il hait l'ingratitude et se plaît d'être ingrat !
Puisqu'en sa dureté son lâche cœur demeure,
Ma sœur, il ne sait pas qu'il faudra que j'en meure !
Vous avez oublié de bien marquer l'horreur
Du fatal désespoir qui regne dans mon cœur,
Vous avez oublié, pour bien peindre ma rage,

D'assembler tous les maux dont on connoît l'image;
Il y seroit sensible, et ne pourroit souffrir,
Que qui sauva ses jours fût forcée à mourir.

PHÉDRE.

Si vous saviez pour vous ce qu'a fait ma tendresse,
Vous soupçonneriez moins....

ARIANE.

J'ai tort, je le confesse;
Mais dans un mal sous qui la constance est à bout,
On s'égare, on s'emporte et l'on s'en prend à tout.

PIRITHOUS.

Madame, de ces maux, à qui la raison cede,
Le tems qui calme tout est l'unique remede;
C'est par lui seul....

ARIANE.

Les coups n'en sont guere importans;
Quand on peut se résoudre à s'en remettre au tems!
Thésée est insensible à l'ennui qui me touche,
Il y consent: je veux l'apprendre de sa bouche.
Je l'attendrai, ma sœur; qu'il vienne.

PIRITHOUS.

Je crains bien
Que vous ne vous plaigniez de ce triste entretien.
Voir un ingrat qu'on aime, et le voir inflexible,
C'est de tous les ennuis l'ennui le plus sensible;
Vous en souffrirez trop, et pour peu de souci....

ARIANE.

Allez, ma sœur, de grace, et l'envoyez ici.

(*Phedre sort.*)

SCENE III.

ARIANE, PIRITHOUS, NERINE.

PIRITHOUS.

PAR ce que je vous dis, ne croyez pas, Madame,
Que je veuille applaudir à sa nouvelle flamme.
Sachant ce qu'il devoit au généreux amour
Qui vous fit tout oser pour lui sauver le jour,
Je partageai dès-lors l'heureuse destinée
Qu'à ses vœux les plus doux offroit votre hyménée;
Et je venois ici, plein de ressentiment,
Rendre grace à l'amante, en embrassant l'amant.
Jugez de ma surprise à le voir infidele!
A voir que vers une autre une autre ardeur l'appelle,
Es qu'il ne m'attendoit que pour vous annoncer
L'injustice où l'amour se plaît à le forcer!

ARIANE.

Et ne devois-je pas, quoi qu'il me fit entendre,
Pénétrer les raisons qui vous faisoient attendre,
Et juger qu'en un cœur épris d'un feu constant
L'amour à l'amitié ne défere pas tant?
Ah! quand il est ardent, qu'aisément il s'abuse!
Il croit ce qu'il souhaite, et prend tout pour excuse.
Si Thésée avoit peu de ces empressemens
Qu'une sensible ardeur inspire aux vrais amans,
Je croyois que son ame, au-dessus du vulgaire,
Dédaignoit de l'amour la conduite ordinaire,

Et qu'en sa passion garder tant de repos,
C'étoit suivre en aimant la route des Héros.
Je faisois plus, j'allois jusqu'à voir sans alarmes
Que des beautés de Naxe il estimât les charmes,
Et ne pouvois penser qu'ayant reçu sa foi,
Quelques vœux égarés pussent rien contre moi.
Mais enfin puisque rien pour lui n'est plus à taire,
Quel est ce rare objet que son choix me préfere?

PIRITHOUS.

C'est ce que de son cœur je ne puis arracher.

ARIANE.

Ma colere est suspecte, il faut me le cacher.

PIRITHOUS.

J'ignore ce qu'il craint... Mais lorsqu'il vous outrage,
Songez que d'un grand Roi vous recevez l'hommage:
Il vous offre son trône; et, malgré le destin,
Votre malheur par-là trouve une heureuse fin.
Tout vous porte, Madame, à ce grand hyménée:
Pourriez-vous demeurer errante, abandonnée?
Déja la Crete cherche à se venger de vous;
Et Minos...

ARIANE.

             J'en crains peu le plus ardent courroux!
Qu'il s'arme contre moi, que j'en sois poursuivie,
Sans ce que j'aime, hélas! que faire de la vie?
Aux décrets de mon sort achevons d'obéir.
Thésée avec le Ciel conspire à me trahir:
Rompre un si grand projet, ce seroit lui déplaire.
L'ingrat veut que je meure; il faut le satisfaire,

Et lui laisser sentir, pour double châtiment,
Le remords de ma perte et de son changement.

PIRITHOUS.

Le voici qui paroît... N'épargnez rien, Madame,
Pour rentrer dans vos droits, pour regagner son ame ;
Et si l'espoir envain s'obstine à vous flatter,
Songez ce qu'offre un trône à qui peut y monter.

(Il sort.)

SCENE IV.

THESÉE, ARIANE, NERINE.

ARIANE.

APPROCHEZ-VOUS, Thésée, et perdez cette crainte.
Pourquoi dans vos regards marquer tant de contrainte,
Et m'aborder ainsi, quand rien ne vous confond,
Le trouble dans les yeux, et la rougeur au front ?
Un Héros tel que vous, à qui la gloire est chere,
Quoi qu'il fasse, ne fait que ce qu'il voit à faire ;
Et si ce qu'on m'a dit a quelque vérité,
Vous cessez de m'aimer, je l'aurai mérité.
Le changement est grand, mais il est légitime :
Je le crois. Seulement apprenez-moi mon crime,
Et d'où vient qu'exposée à de si rudes coups,
Ariane n'est plus ce qu'elle fut pour vous.

THESÉE.

Ah ! pourquoi le penser ? elle est toujours la même,
Même zele toujours suit mon respect extrême,

Et le tems dans mon cœur n'affoiblira jamais
Le pressant souvenir de ces rares bienfaits ;
M'en acquitter vers elle est ma plus forte envie.
Oui, Madame, ordonnez de mon sang, de ma vie,
Si la fin vous en plaît, le sort me sera doux
Par qui j'obtiendrai l'heur de la perdre pour vous !

ARIANE.

Si quand je vous connus la fin eût pu m'en plaire,
Le destin la vouloit, je l'aurois laissé faire.
Par moi, par mon amour le labyrinthe ouvert
Vous fit fuir le trépas à vos regards offert ;
Et quand à votre foi cet amour s'abandonne,
Des sermens de respect sont le prix qu'on lui donne !
Par ce soin de vos jours qui m'a fait tout quitter,
N'aspirois-je à rien plus qu'à me voir respecter ?
Un service pareil veut un autre salaire,
C'est le cœur, le cœur seul qui peut y satisfaire :
Il a seul pour mes vœux ce qui peut les borner ;
C'est lui seul...

THESÉE.

     Je voudrois vous le pouvoir donner ;
Mais ce cœur malgré moi vit sous un autre empire :
Je le sens à regret, je rougis à le dire ;
Et, quand je plains vos feux par ma flamme déçus,
Je hais mon injustice, et ne puis rien de plus.

ARIANE.

Tu ne peux rien de plus ! Qu'aurois-tu fait, parjure !
Si quand tu vins du monstre éprouver l'aventure,
Abandonnant ta vie à ta seule valeur,
Je me fusse arrêtée à plaindre ton malheur ?

Pour mériter ce cœur qui pouvoit seul me plaire,
Si j'ai peu fait pour toi, que falloit-il plus faire ?
Et que s'est-il offert, que je pusse tenter,
Qu'en ta faveur ma flamme ait craint d'exécuter ?
Pour te sauver le jour dont ta rigueur me prive,
Ai-je pris à regret le nom de fugitive ?
La mer, les vents, l'exil ont-ils pu m'étonner ?
Te suivre, c'étoit plus que me voir couronner :
Fatigues, peines, maux, j'aimois tout par leur cause.
Dis-moi que non, ingrat ! si ta lâcheté l'ose ;
Et, désavouant tout, éblouis-moi si bien
Que je puisse penser que tu ne me dois rien.

THESÉE.

Comment désavouer ce que l'honneur me presse
De voir, d'examiner, de me dire sans cesse ?
Si par mon changement je trompe votre choix,
C'est sans rien oublier de ce que je vous dois.
Ainsi joignez au nom de traître et de parjure
Tout l'éclat que produit la plus sanglante injure ;
Ce que vous me direz n'aura point la rigueur
Des reproches secrets qui déchirent mon cœur.
Mais pourquoi m'accusant redoubler ces atteintes ?
Madame, croyez moi, je ne vaux pas vos plaintes !
L'oubli, l'indifférence, et vos plus fiers mépris
De mon manque de foi doivent être le prix.
A monter sur le trône un grand Roi vous invite,
Vengez-vous en l'aimant d'un lâche qui vous quitte.
Quoi qu'aujourd'hui pour moi l'inconstance ait de
   doux,
Vous perdant pour jamais je perdrai plus que vous.

ARIANE.

Quelle perte, grands Dieux ! quand elle est volontaire!
Périsse tout, s'il faut cesser de t'être chere !
Qu'ai je affaire du trône et de la main d'un Roi ?
De l'univers entier je ne voulois que toi :
Pour toi, pour m'attacher à ta seule personne,
J'ai tout abandonné, repos, gloire, couronne;
Et quand ces mêmes biens ici me sont offerts,
Que je puis en jouir, c'est toi seul que je perds!
Pour voir leur impuissance à réparer ta perte,
Je te suis, mene-moi dans quelque Isle déserte,
Où renonçant à tout je me laisse charmer
De l'unique douceur de te voir, de t'aimer.
Là, possédant ton cœur, ma gloire est sans seconde;
Ce cœur me sera plus que l'Empire du monde....
Point de ressentiment de ton crime passé;
Tu n'as qu'à dire un mot, ce crime est effacé.
C'en est fait, tu le vois, je n'ai plus de colere.]

THESÉE.

Un si beau feu m'accable : il devroit seul me plaire!
Mais telle est de l'amour la tyrannique ardeur....

ARIANE.

Va, tu me répondras des transports de mon cœur!
Si ma flamme sur toi n'avoit qu'un foible empire,
Si tu la dédaignois, il falloit me le dire,
Et ne pas m'engager par un trompeur espoir
A te laisser sur moi prendre tant de pouvoir.
C'est-là sur-tout, c'est-là ce qui souille ta gloire.
Tu t'es plu sans m'aimer à me le faire croire;
Tes indignes sermens, sur mon crédule esprit...

THESÉE.

THISÉE.

Quand je vous les ai faits, j'ai cru ce que j'ai dit.
Je partois glorieux d'être votre conquête ;
Mais enfin dans ces lieux, poussé par la tempête,
J'ai trop vu ce qu'à voir me convioit l'amour,
J'ai trop . . .

ARIANE.

Naxe te change ? Ah ! funeste séjour !
Dans Naxe, tu le sais, un Roi, grand, magnanime,
Pour moi, dès qu'il me vit, prit une tendre estime :
Il soumit à mes vœux et son trône et sa foi ;
Quoi qu'il ait pu m'offrir, ai-je fait comme toi ?
Si tu n'es point touché de ma douleur extrême,
Rends-moi ton cœur, ingrat ! par pitié de toi-même !
Je ne demande point quelle est cette beauté
Qui semble te contraindre à l'infidélité ;
Si tu crois quelque honte à la faire connoître,
Ton secret est à toi.... Mais, qui qu'elle puisse être,
Pour gagner ton estime et mériter ta foi,
Peut-être elle n'a pas plus de charmes que moi :
Elle n'a pas du moins cette ardeur toute pure
Qui m'a fait pour te suivre étouffer la nature,
Ces beaux feux qui, volant d'abord à ton secours,
Pour te sauver la vie ont exposé mes jours ;
Et si de mon amour ce tendre sacrifice
De ta légéreté ne rompt point l'injustice,
Pour ce nouvel objet, ne lui devant pas tant,
Par où présumes-tu pouvoir être constant ?
A peine son hymen aura payé ta flamme,
Qu'un violent remords viendra saisir ton ame,

E

Tu ne pourras plus voir ton crime sans effroi,
Et qui sait ce qu'alors tu sentiras pour moi ?
Qui sait par quel retour ton ardeur refroidie
Te fera détester ta lâche perfidie ?
Tu verras de mes feux les transports éclatans,
Tu les regretteras : il ne sera plus tems.
Ne précipite rien ; quelque amour qui t'appelle,
Prends conseil de ta gloire avant qu'être infidele.
Vois Ariane en pleurs ! Ariane autrefois
Toute aimable à tes yeux méritoit bien ton choix !
Elle n'a point changé, d'où vient que ton cœur change!

T H E S É E.

Par un amour forcé, qui sous ses loix me range.
Je le crois comme vous, le Ciel est juste : un jour
Vous me verrez puni de ce perfide amour ;
Mais à sa violence il faut que ma foi cede.
Je vous l'ai déja dit, c'est un mal sans remede.

A R I A N E.

Ah ! c'est trop, puisque rien ne te sauroit toucher,
Parjure ! oublie un feu qui dut t'être si cher !
Je ne demande plus que ta lâcheté cesse ;
Je rougis d'avoir pu m'en souffrir la bassesse !
Tire-moi seulement d'un séjour odieux,
Où tout me désespere, où tout blesse mes yeux ;
Et, pour faciliter ta coupable entreprise,
Remene-moi, barbare ! aux lieux où tu m'as prise.
La Crete où pour toi seul je me suis fait haïr,
Me plaira mieux que Naxe où tu m'oses trahir.

T H E S É E.

Vous remener en Crete ! oubliez-vous, Madame,

Ce qu'est pour vous un pere, et quél courroux l'enflamme ?
Songez-vous quels ennuis vous y sont apprêtés ?

ARIANE.

Laisse-les-moi souffrir, je les ai mérités ;
Mais de ton faux amour les feintes concertées,
Tes noires trahisons, les ai-je méritées ?
Et ce qu'en ta faveur il m'a plu d'immoler,
Te rend-il cette foi que tu veux violer ?
Vaine et fausse pitié, quand ma mort peut te plaire,
Tu crains pour moi les maux que j'ai voulu me faire !
Ces maux qu'ont tant hâtés mes plus tendres souhaits,
Et tu ne trembles point de ceux que tu me fais !
N'espere pas pourtant éviter le supplice
Que toujours après soi fait suivre l'injustice.
Tu romps ce que l'amour forma de plus beaux nœuds,
Tu m'arraches le cœur ; j'en mourrai : tu le veux ;
Mais quitte des ennuis où m'enchaîne la vie,
Crois déja, crois me voir, de ma douleur suivie,
Dans le fond de ton ame armer pour te punir,
Ce qu'a de plus funeste un fatal souvenir,
Et te dire d'un ton et d'un regard sévere :
« J'ai tout fait, tout osé pour t'aimer, pour te plaire,
» J'ai trahi mon pays, et mon pere et mon roi ;
» Cependant vois le prix, ingrat ! que j'en reçoi ! »

THESÉE.

Ah ! si mon changement doit causer votre perte,
Frappez, prenez ma vie, elle vous est offerte !
Prévenez par ce coup le forfait odieux
Qu'un amour trop aveugle....

E ij

ARIANE.

Ote-toi de mes yeux !
De ta constance ailleurs va montrer les mérites :
Je ne veux pas avoir l'affront que tu me quittes.

THÉSÉE.

Madame....

ARIANE.

Ote-toi, dis-je ! et me laisse en pouvoir
De te haïr autant que je le crois devoir.

(*Thésée sort.*)

SCENE V.

ARIANE, NÉRINE.

ARIANE.

IL sort, Nérine.... Hélas !

NÉRINE.

Qu'auroit fait sa présence
Qu'accroître de vos maux la triste violence ?

ARIANE.

M'avoir ainsi quittée, et par-tout me trahir !

NÉRINE.

Vous l'avez commandé.

ARIANE.

Devoit-il obéir ?

NÉRINE.

Que vouliez-vous qu'il fît, vous pressiez sa retraite ?

ARIANE.

Qu'il sut en s'emportant ce que l'amour souhaite,
Et qu'à mon désespoir souffrant un libre cours,
Il s'entendît chasser et demeurât toujours.
Quoique sa trahison et m'accable et me tue,
Au moins j'aurois joui du plaisir de sa vue....
Mais il ne sauroit plus souffrir la mienne.... Ah !
    Dieux !
As-tu vu quelle joie a paru dans ses yeux ?
Combien il est sorti satisfait de ma haine ?
Que de mépris !

NÉRINE.

       Son crime auprès de vous le gêne,
Madame; et n'ayant point d'excuse à vous donner,
S'il vous fuit , j'y vois peu de quoi vous étonner :
Il s'épargne une peine à peu d'autres égale.

ARIANE.

M'en voir trahie !... Il faut découvrir ma rivale.
Examine avec moi. De toute cette Cour
Qui crois-tu la plus propre à donner de l'amour ?
Est-ce Mégiste , Eglé qui le rend infidele ?
De tout ce qu'il y voit Cyane est la plus belle :
Il lui parle souvent; mais pour m'ôter sa foi ,
Doit-elle être à ses yeux plus aimable que moi !....
  Vains et foibles appas qui m'aviez trop flattée ,
Voilà votre pouvoir ! un lâche m'a quittée !....
Mais si d'un autre amour il se laisse éblouir ,
Peut-être il n'aura pas la douceur d'en jouir :

Il verra ce que c'est que de me percer l'ame. . . .
Allons, Nérine, allons, je suis amante et femme.
Il veut ma mort; j'y cours; mais avant que mourir
Je ne sais qui des deux aura plus à souffrir.

Fin du troisieme Acte.

ACTE IV.

SCENE PREMIERE.

ŒNARUS, PHÉDRE.

ŒNARUS.

Un si grand changement ne peut trop me sur-
    prendre :
J'en ai la certitude et ne le puis comprendre.
Après ce pur amour dont il suivoit la loi ,
Thésée à ce qu'il aime ose manquer de foi !
Dans la rigueur du coup je ne vois qu'avec crainte
Ce qu'au cœur d'Ariane il doit porter d'atteinte :
J'en tremble ; et si tantôt lui peignant mon amour,
Je voulois être plaint, je la plains à son tour.
Perdre un bien qui jamais ne permit d'espérance,
N'est qu'un mal dont le tems calme la violence ;
Mais voir un bel espoir tout-à-coup avorter ,
Passe tous les malheurs qu'on ait à redouter.
C'est du courroux du Ciel la plus funeste preuve.

PHÉDRE.

Ariane , Seigneur, en fait la triste épreuve ;
Et si de ses ennuis vous n'arrêtez le cours,

J'ignore pour le rompre où chercher du secours :
Son cœur est accablé d'une douleur mortelle.

ŒNARUS.

Vous ne savez que trop l'amour que j'ai pour elle :
Il veut, il offre tout ; mais, hélas ! je crains bien
Que cet amour ne parle et qu'il n'obtienne rien.
Si Thésée a changé, j'en serai responsable :
C'est dans ma Cour qu'il trouve un autre objet
        aimable ;
Et sans doute on voudra que je sois le garant
De l'hommage inconnu que sa flamme lui rend.

PHÈDRE.

Je doute qu'Ariane, encor que méprisée,
Veuille par votre hymen se venger de Thésée ;
Et si ce changement vous permet d'espérer,
Il ne faut pas, Seigneur, vous y trop assurer.
Mais quoi qu'elle résolve, après la perfidie
Qui doit tenir pour lui sa flamme réfroidie,
Qu'elle accepte vos vœux ou refuse vos soins ,
La gloire vous oblige à ne l'aimer pas moins.
Vous lui pouvez toujours servir d'appui fidele ;
Et c'est ce que je viens vous demander pour elle.
Si la Crete vous force à d'injustes combats ,
Au courroux de Minos ne l'abandonnez pas :
Vous savez les périls où sa fuite l'expose.

ŒNARUS.

Ah ! pour l'en garantir il n'est rien que je n'ose,
Madame ; et vous verrez mon trône trébucher
Avant que je néglige un intérêt si cher !
Plût aux Dieux que ce soin la tînt seule inquiete !

PHÉDRE.

Voyez dans quels ennuis ce changement la jette !
Son visage vous parle, et sa triste langueur
Vous fait lire en ses yeux ce que souffre son cœur.

SCENE II.

ARIANE, NÉRINE, ŒNARUS, PHÉDRE.

ŒNARUS.

Madame, je ne sais si l'ennui qui vous touche
Doit m'ouvrir pour vous plaindre - ou me fermer la
    bouche.
Après les sentimens que j'ai fait voir pour vous,
Je dois, quoi qui vous blesse, en partager les coups,
Mais si j'ose assurer que jusqu'au fond de l'ame
Je sens le changement qui trompe votre flamme,
Que je le mets au rang des plus noirs attentats,
J'aime ; il m'ôte un rival : vous ne me croirez pas.
Il est certain pourtant, et le Ciel qui m'écoute
M'en sera le témoin, si votre cœur en doute,
Que si de tout mon sang je pouvois racheter
Ce que....

ARIANE.

    Cessez, Seigneur, de me le protester.
S'il dépendoit de vous de me rendre Thésée
La gloire y trouveroit votre ame disposée.

Je le crois de ce cœur qui sut tout m'immoler :
Aussi veux-je avec vous ne rien dissimuler.

     J'aimai, Seigneur ; après mon infortune extrême
Il me seroit honteux de dire encor que j'aime.
Ce n'est pas que le cœur qu'un vrai mérite émeut,
Cesse d'être sensible au moment qu'il le veut.
Le mien fut à Thésée, et je l'en croyois digne ;
Ses vertus à mes yeux étoient d'un prix insigne :
Rien ne brilloit en lui que de grand, de parfait ;
Il feignoit de m'aimer : je l'aimois en effet ;
Et comme d'une foi qui sert à me confondre,
Ce qu'il doit à ma flamme eut lieu de me répondre,
Malgré l'ingratitude ordinaire aux amans,
D'autres que moi peut-être auroient cru ses sermens.
Je m'immolois entiere à l'ardeur d'un pur zele ;
Cet effort valoit bien qu'il fût toujours fidele.
Sa perfidie enfin n'a plus rien de secret :
Il l'a fait éclater ; je la vois à regret.
C'est d'abord un ennui qui ronge, qui dévore ;
J'en ai déja souffert, j'en puis souffrir encore ;
Mais quand à n'a mer plus un grand cœur se résout,
Le vouloir, c'est assez pour en venir à bout.
Quoi qu'un pareil triomphe ait de dur, de funeste,
On s'arrache à soi-même, et le tems fait le reste.

    Voilà l'état, Seigneur, où ma triste raison
A mis enfin mon ame après sa trahison.
Vous avez su tantôt, par un aveu sincere,
Que sans lui votre amour eût eu de quoi me plaire,
Et que mon cœur touché du respect de vos feux,
S'il ne m'eût pas aimée eût accepté vos vœux ?

Puisqu'il me rend à moi, je vous tiendrai parole;
Mais après ce qu'il faut que ma gloire s'immole,
Etouffant un amour et si tendre et si doux,
Je ne vous réponds pas d'en prendre autant pour vous;
Ce sont des traits de feu que le tems seul imprime.
J'ai pour votre vertu la plus parfaite estime;
Et pour être en état de remplir votre espoir,
Cette estime suffit à qui sait son devoir.

ŒNARUS.

Ah! pour la mériter, si le plus pur hommage....

ARIANE.

Seigneur, dispensez-moi d'en ouir davantage.
J'ai tous les sens encor de trouble embarrassés,
Ma main dépend de vous, ce vous doit être assez.
Mais pour vous la donner, j'avouîrai ma foiblesse,
J'ai besoin qu'un ingrat par son hymen m'en presse;
Tant que je le verrois en pouvoir d'être à moi,
Je prétendrois en vain disposer de ma foi.
Un feu bien allumé ne s'éteint qu'avec peine.
Le parjure Thésée a mérité ma haine:
Mon cœur veut être à vous, et ne peut mieux choisir;
Mais s'il me voit, me parle, il peut s'en resaisir.
L'amour par les remords aisément se désarme:
Il ne faut quelquefois qu'un soupir, qu'une larme;
Et du plus fier courroux quoi qu'on se soit promis,
On ne tient pas long-tems contre un amant soumis.
Ce sont vos intérêts. Que, sans m'en vouloir croire,
Thésée à ses desirs abandonne sa gloire;
Dès que d'un autre objet je le verrai l'époux,
Si vous m'aimez encor, Seigneur, je suis à vous.

Mon cœur de votre hymen se fait un heur suprême,
Et c'est ce que je veux lui déclarer moi-même. . . .

(A Nérine.)   *(Nérine sort.)*   *(A Œnarus.)*

Qu'on le fasse venir ; allez, Nerine.... Ainsi
De mon cœur, de ma foi n'ayez aucun souci ;
Après ce que j'ai dit , vous en êtes le maître.

ŒNARUS.

Ah ! Madame , par où puis-je assez reconnoître. . . ;

ARIANE.

Seigneur , un peu de treve ! en l'état où je suis ,
J'ai comblé votre espoir , c'est tout ce que je puis.

(Œnarus sort.)

SCENE III.

ARIANE , PHEDRE.

PHEDRE.

CE retour me surprend. Tantôt contre Thésée
Du plus ardent courroux vous étiez embrasée ,
Et déja la raison a calmé ce transport ?

ARIANE.

Que ferois-je , ma sœur ? c'est un arrêt du sort.
Thésée a résolu d'achever son parjure :
Il veut me voir souffrir ; je me tais et j'endure.

PHEDRE.

Mais vous répondez-vous d'oublier aisément
Ce que sa passion eut pour vous de charmant ?

D'avoir

D'avoir à d'autres vœux un cœur si peu contraire
Que...

ARIANE.

Je n'ai rien promis que je ne veuille faire ;
Qu'il s'engage à l'hymen, j'épouserai le Roi.

PHÈDRE.

Quoi! par votre aveu même il donnera sa foi ?
Et lorsque son amour a tant reçu du vôtre,
Vous le verrez sans peine entre les bras d'une autre ?

ARIANE.

Entre les bras d'une autre ! Avant ce coup, ma sœur,
J'aime, je suis trahie, on connoîtra mon cœur !...
Tant de périls bravés, tant d'amour, tant de zele
M'auront fait mériter les soins d'un infidele ;
A ma honte par-tout ma flamme aura fait bruit,
Et ma lâche rivale en cueillira le fruit !
J'y donnerai bon ordre. Il faut pour la connoître
Empêcher s'il se peut ma fureur de paroître :
oins l'amour outragé fait voir d'emportement,
Plus, quand le coup approche, il frappe sûrement.
C'est par-là qu'affectant une douleur aisée,
Je feins de consentir à l'hymen de Thésée ;
A savoir son secret j'intéresse le Roi.
Pour l'apprendre, ma sœur, travaillez avec moi ;
Car je ne doute point qu'une amitié sincere
Contre sa trahison n'arme votre colere,
Que vous ne ressentiez tout ce que sent mon cœur ?

PHÈDRE,

Madame, vous savez,...

F

ARIANE.

Je vous connois, ma sœur!
Aussi c'est seulement en vous ouvrant mon ame
Que dans son désespoir je sou'age ma flamme.
Que de projets trahis ! Sans cet indigne abus,
J'arrêtois votre hymen avec Pirithoüs !
Et de mon amitié cette marque nouvelle
Vous doit faire encor plus haïr mon infidele.
Sur le bruit qu'aura fait son changement d'amour,
Sachez adroitement ce qu'on dit à la Cour.
Voyez Eglé , Mégiste , et parlez d'Ariane;
Mais sur-tout prenez soin d'entretenir Cyane :
C'est elle qui d'abord a frappé mon esprit.
Vous savez que l'amour aisément se trahit ?
Observez ses regards, son trouble , son silence.

PHÈDRE.

J'y prends trop d'intérêt pour manquer de prudence.
Dans l'ardeur de venger tant de droits violés,
C'est donc cette rivale à qui vous en voulez ?

ARIANE.

Pour porter sur l'ingrat un coup vraiment terrible,
Il faut frapper par-là ; c'est son endroit sensible.
Vous même jugez-en. Elle me fait trahir ;
Par elle je perds tout : la puis-je assez haïr ?
Puis-je assez consentir à tout ce que la rage
M'offre de plus sanglan pour venger mon outrage ?
Rien après ce forfait ne me doit retenir :
Ma sœur, il est de ceux qu'on ne peut trop punir.
Si Thésée, oubliant un amour ordinaire ,
M'avoit manqué de foi dans la Cour de mon pere,

Quoi que pût le dépit en secret m'ordonner,
Cette infidélité seroit à pardonner :
Ma rivale, dirois-je, a pu, sans injustice.
D'un cœur qui fut à moi chérir le sacrifice ;
La douceur d'être aimée ayant touché le sien,
Elle a dû préférer son intérêt au mien.
Mais étrangere ici, pour l'avoir osé croire,
J'ai sacrifié tout jusqu'au soin de ma gloire ;
Et pour ce qu'a quitté ma trop crédule foi,
Je n'avois que ce cœur, que je croyois à moi !
Je le perds ; on me l'ôte ; il n'est rien que n'essaye
La fureur qui m'anime, afin qu'on me le paye !
J'en mettrai haut le prix ; c'est à lui d'y penser.

PHÉDRE.

Ce revers est sensible, il faut le confesser,
Mais quand vous connoîtrez celle qu'il vous préfere,
Pour venger votre amour que prétendez-vous faire ?

ARIANE.

L'aller trouver, la voir et de ma propre main
Lui mettre, lui plonger un poignard dans le sein.
Mais pour mieux adoucir les peines que j'endure,
Je veux porter le coup aux yeux de mon parjure,
Et qu'en son cœur les miens pénetrent à loisir
Ce qu'aura de mortel son affreux déplaisir.
Alors ma passion trouvera de doux charmes
A jouir de ses pleurs, comme il fait de mes larmes ;
Alors il me dira si se voir lâchement
Arracher ce qu'on aime est un léger tourment.

PHÉDRE.

Mais sans l'autoriser à vous être infidele,

F ij

Cette rivale a pu le voir brûler pour elle :
Elle a peine à ses vœux peut-être à consentir.

ARIANE.

Point de pardon, ma sœur, il falloit m'avertir :
Son silence fait voir qu'elle a part au parjure.
Enfin il faut du sang pour laver mon injure.
De Thésée, il est vrai, je puis percer le cœur ;
Mais si je m'y résous, vous n'avez plus de sœur !....
Vous aurez beau vouloir que mon bras se retienne,
Tout perfide qu'il est, ma mort suivra la sienne ;
Et sur mon propre sang l'ardeur de nous unir
Me le fera venger aussi-tôt que punir....
Non, non, un sort trop doux suivroit sa perfidie,
Si mes ressentimens se bornoient à sa vie.
Portons, portons plus loin l'ardeur de l'accabler,
Et donnons, s'il se peut, aux ingrats à trembler !
    Vous figurez-vous bien son désespoir extrême,
Quand dégouttante encor du sang de ce qu'il aime,
Ma main offerte au Roi dans ce fatal instant,
Bravera jusqu'au bout la douleur qui l'attend ?
C'est en vain de son cœur qu'il croit m'avoir chassée,
Je n'y suis pas peut-être encor toute effacée :
Et ce sera de quoi mieux combler son ennui
Que de vivre à ses yeux pour un autre que lui.

PHÈDRE.

Mais pour aimer le Roi, vous sentez-vous dans l'ame....

ARIANE.

Et le moyen, ma sœur, qu'un autre objet m'enflamme ?
Jamais, soit qu'on se trompe ou réussisse au choix,
Les fortes passions ne touchent qu'une fois.

Ainsi l'hymen du Roi me tiendra lieu de peine;
Mais je dois à mon cœur cette cruelle gêne.
C'est lui qui m'a fait prendre un trop indigne amour;
Il m'a trahie; il faut le trahir à mon tour.
Oui, je le punirai de n'avoir pu connoître,
Qu'en parlant pour Thésée il parloit pour un traître,
D'avoir.... Mais le voici. Contraignons nous si bien,
Que de mon artifice il ne soupçonne rien.

SCENE IV.

THÉSÉE, NÉRINE, ARIANE, PHEDRE,

ARIANE.

Enfin à la raison mon courroux rend les armes;
De l'amour aisément on ne vainc pas les charmes;
Si c'étoit un effort qui dépendît de nous.
Je regretterois moins ce que je perds en vous.
Il vous force à changer, il faut que j'y consente,
Au moins c'est de vos soins une marque obligeante
Que par ces nouveaux feux ne pouvant être à moi,
Vous preniez intérêt à me donner au Roi.
Son trône est un appui qui flatte ma disgrace;
Mais ce n'est que par vous que j'y puis prendre place.
Si l'infidélité ne vous peut étonner,
J'en veux avoir l'exemple, et non pas le donner.
C'est peu qu'aux yeux de tous vous brûliez pour une
    autre,
Tout ce que peut ma main, c'est d'imiter la vôtre;

Lorsque par votre hymen m'ayant rendu ma foi
Vous m'aurez mise en droit de disposer de moi.
Pour me faire jouir des biens qu'on me prépare,
C'est à vous de hâter le coup qui nous sépare :
Votre intérêt le veut encor plus que le mien.

THÉSÉE.

Madame, je n'ai pas.....

ARIANE.

Ne me répliquez rien.
Si ma perte est un mal dont votre cœur soupire,
Vos remords trouveront le tems de me le dire :
Et cependant ma sœur qui peut vous écouter,
Saura ce qu'il vous reste encore à consulter.

(*Elle sort avec Nérine.*)

SCENE V.

PHEDRE, THÉSÉE.

THÉSÉE.

LE Ciel à mon amour seroit-il favorable,
Jusqu'à rendre si-tôt Ariane exorable ?
Madame, quel bonheur qu'après tant de soupirs
Je pusse sans contrainte expliquer mes desirs,
Vous peindre en liberté ce que pour vous m'inspire...

PHEDRE.

Renfermez-le, de grace ! et craignez d'en trop dire.
Vous voyez que j'observe, avant que vous parler,

Qu'aucun témoin ici ne se puisse couler.
Un grand calme à vos yeux commence de paroître :
Tremblez, Prince, tremblez ; l'orage est prêt de naître !
Tout ce que vous pouvez vous figurer d'horreur
Des violens projets de l'amour en fureur,
N'est qu'un foible crayon de la secrete rage
Qui possede Ariane et trouble son courage.
L'aveu qu'à votre hymen elle semble donner
Vers le piége tendu cherche à vous entraîner.
C'est par-là qu'elle croit découvrir sa rivale ;
Et dans les vifs transports que sa vengeance étale,
Plus le sang nous unit, plus son ressentiment,
Quand je serai connue, aura d'emportement.
Rien ne m'en peût sauver, ma mort est assurée ;
Tout-à-l'heure avec moi sa haine l'a jurée.
J'en ai reçu l'arrêt. Ainsi le fort amour
Souvent, sans le savoir, mettant sa flamme au jour,
Mon sang doit s'apprêter à laver son outrage.
Vous l'avez voulu, Prince, achevez votre ouvrage !

THÉSÉE.

A quoi que son courroux puisse être disposé,
Il est pour s'en défendre un moyen bien aisé.
Ce calme qu'elle affecte afin de me surprendre,
Ne me fait que trop voir ce que j'en dois attendre ;
La foudre gronde, il faut vous mettre hors d'état
D'en ouïr la menace et d'en craindre l'éclat.
Fuyons d'ici, Madame, et venez dans Athenes
Par un heureux hymen voir la fin de nos peines,
J'ai mon vaisseau tout prêt. Dès cette même nuit
Nous pouvons de ces lieux disparoître sans bruit.

Quand même pour vos jours nous n'aurions rien à
    craindre,
Assez d'autres raisons nous y doivent contraindre.
Ariane, forcée à renoncer à moi,
N'aura plus de prétexte à refuser le Roi.
Pour son propre intérêt il faut s'éloigner d'elle.

PHÉDRE.

Et qui me répondra que vous serez fidele ?

THÉSÉE.

Ma foi, que ni le tems, ni le Ciel en courroux....

PHÉDRE.

Ma sœur l'avoit reçue en fuyant avec vous !

THÉSÉE.

L'emmener avec moi fut un coup nécessaire ;
Il falloit la sauver de la fureur d'un pere ;
Et la reconnoissance eut part seule aux sermens
Par qui mon cœur du sien paya les sentimens.
Ce cœur violenté n'aimoit qu'avec étude ;
Et quand il entreroit un peu d'ingratitude
Dans ce manque de foi, qui vous semble odieux,
Pourquoi me reprocher un crime de vos yeux ?
L'habitude à les voir me fit de l'inconstance
Une nécessité dont rien ne me dispense ;
Et si j'ai trop flatté cette crédule sœur,
Vous en êtes complice aussi-bien que mon cœur.
Vous voyant auprès d'elle, et mon amour extrême
Ne pouvant avec vous s'expliquer par vous-même,
Ce que je lui disois d'engageant et de doux,
Vous ne saviez que trop qu'il s'adressoit à vous.
Je n'examinois point, en vous ouvrant mon ame,

Si c'étoit d'Ariane entretenir la flamme ;
Je songeois seulement à vous marquer ma foi :
Je me faisois entendre, et c'étoit tout pour moi.

PHÉDRE.

Dieux ! qu'elle en souffrira ! que d'ennuis ! que de
     larmes !
Je sens naître en mon cœur les plus rudes alarmes.
Il voit avec horreur ce qui doit arriver !....
Cependant j'ai trop fait pour ne pas achever.
Ces foudroyans regards, ces accablans reproches
Dont par son désespoir je vois les coups si proches,
Pour moi, pour une sœur sont plus à redouter
Que cette triste mort qu'elle croit m'apprêter.
Elle a su votre amour, elle saura le reste.
De ses pleurs, de ses cris fuyons l'éclat funeste :
Je vois bien qu'il le faut ; mais, las !

THÉSÉE.
                Vous soupirez ?

PHÉDRE.

Oui, Prince, je veux trop ce que vous desirez.
Elle se fie à moi, cette sœur, elle m'aime ;
C'est une ardeur sincere, une tendresse extrême ;
Jamais son amitié ne me refusa rien ;
Pour l'en récompenser je lui vole son bien,
Je l'expose aux rigueurs du sort le plus sévere,
Je la tue, et c'est vous qui me le faites faire !
Pourquoi vous ai-je aimé ?

THÉSÉE.
          Vous en repentez-vous ?

A R I A N E ;

PHÉDRE.

Je ne sais , pour mon cœur il n'est rien de plus doux;
Mais , vous le remarquez , ce cœur tremble , soupire ,
Et perdant une sœur , si j'ose encor le dire ,
Vous la laissez dans Naxe en proie à ses douleurs ,
Votre légéreté me peut laisser ailleurs.
Qui voudra plaindre alors les ennuis de ma vie ,
Sur l'exemple éclatant d'Ariane trahie ?
Je l'aurai bien voulu.... Mais , c'en est fait , partons.

THÉSÉE.

En vain....

PHÉDRE.

Le tems se perd quand nous en consultons.
Si vous blâmez la crainte où ce soupçon me livre ;
J'en répare l'outrage en m'offrant à vous suivre ,
Puisqu'à ce grand effort ma flamme se résout ,
Donnez l'ordre qu'il faut , je serai prête à tout.

Fin du quatrieme Acte.

ACTE V.

SCENE PREMIERE.

ARIANE, NÉRINE.

NÉRINE.

UN peu plus de pouvoir, Madame, sur vous même !
A quoi sert ce transport, ce désespoir extrême ?
Vous avez, dans un trouble à nul autre pareil,
Prévenu ce matin le lever du soleil,
Dans le Palais errante, interdite, abattue,
Vous avez laissé voir la douleur qui vous tue.
Ce ne sont que soupirs, que larmes, que sanglots....

ARIANE.

On me trahit, Nérine, où trouver du repos ?
Quoi ! ce parfait amour dont mon ame flavie
Ne croyoit voir la fin qu'en celle de ma vie ;
Ces feux, ces tendres feux pour moi trop allumés,
Dans le cœur d'un ingrat sont déja consumiés ?
Thésée avec plaisir a pu les voir éteindre ?
Ma mort n'est qu'un malheur qui ne vaut pas le
      craindre ?
Et ce parjure amant, qui se rit de ma foi,

Quoiqu'il vive toujours, ne vivra plus pour moi ?...,
Que fait Pirithoüs ? viendra-t-il ?

NÉRINE.

Oui, Madame ;
Je l'ai fait avertir.

ARIANE.

Quels combats dans mon ame !

NÉRINE.

Pirithoüs viendra ; mais ce transport jaloux
Qu'attend-il de sa vue, et que lui direz-vous ?

ARIANE.

Dans l'excès étonnant de mon cruel martyre,
Hélas ! demandes-tu ce que je pourrai dire !
Dût ma douleur sans cesse avoir le même cours,
Se plaint-on trop souvent de ce qu'on sent toujours ?...
Tu dis donc qu'hier au soir chacun avec murmure
Parloit diversement de ma triste aventure ?
Que la jeune Cyane est celle que l'on croit,
Que Thésée....

NÉRINE.

On la nomme à cause qu'il la voit ;
Mais qu'en pouvoir juger ? Il voit Phedre de même,
Et cependant, Madame, est-ce Phedre qu'il aime ?

ARIANE.

Que n'a-t-il pu l'aimer ! Phedre l'auroit connu,
Et par-là mon malheur eût été prévenu !
De sa flamme par elle aussi-tôt avertie,
Dans sa premiere ardeur je l'aurois amortie.
Par où vaincre d'ailleurs les rebuts de ma sœur ?

NÉRINE.

NÉRINE.

En vain il auroit cru pouvoir toucher son cœur,
Je le sais ; mais enfin quand un amant sait plaire,
Qui consent à l'ouïr, peut aimer et se taire.

ARIANE.

Je soupçonnerois Phédre ! elle de qui les pleurs
Sembloient en s'embarquant présager nos malheurs ?
Avant que la résoudre à seconder ma fuite,
A quoi pour la gagner ne fus-je pas réduite ?
Combien de résistance et d'obstinés refus ?....

NÉRINE.

Vous n'avez rien, Madame, à craindre là-dessus :
Je connois sa tendresse ; elle est pour vous si forte
Qu'elle mourroit plutôt....

ARIANE.

    Je veux la voir, n'importe :
Va, fais-lui promptement savoir que je l'attends ;
Dis-lui que le sommeil l'arrête trop long-tems,
Que je sens ma douleur croître par son absence....
Qu'elle est heureuse, hélas ! dans son indifférence !
Son repos n'est troublé d'aucun mortel souci....
Pirithoüs paroît, fais-la venir ici.

      (Nérine sort.)

SCENE II.

PIRITHOUS, ARIANE.

ARIANE.

EH! bien, puis-je accepter la main qui m'est offerte!
Le Roi s'empresse-t-il à réparer ma perte ?
Et, pour me laisser libre à payer son amour,
De l'hymen de Thésée a-t-on choisi le jour ?

PIRITHOUS,

Le Roi sur ce projet entretint hier Thésée ;
Mais il trouva son ame encor mal disposée.
Il est pour les ingrats de rigoureux instans !
Thésée en fit l'épreuve, et demanda du tems,

ARIANE.

Différer d'être heureux après son inconstance,
C'est montrer en aimant bien peu d'impatience,
Et ce nouvel objet dont son cœur est épris,
Y doit pour son amour croîte trop de mépris !
Pour moi, je l'avoûrai, sa trahison me fâche,
Mais puisqu'en me quittant il lui plaît d'être lâche,
Si je dois être au Roi, je voudrois que sa main
Eût pu déja fixer mon destin incertain :
L'irrésolution m'embarrasse et me gêne.

PIRITHOUS.

Si l'on m'avoit dit vrai, vous seriez hors de peine;
Mais, Madame, je puis être mal averti.

ARIANE.

Et de quoi, Prince !

PIRITHOUS,

On dit que Thésée est parti.
Par-là vous seriez libre.

ARIANE.

Ah ! que viens je d'entendre ?
Il est parti, dit-on ?

PIRITHOUS.

Ce bruit doit vous surprendre.

ARIANE.

Il est parti! Le Ciel me trahiroit toujours !
Mais non, que deviendroient ses nouvelles amours ?
Feroit-il cet outrage à l'objet qui l'enflamme ?
L'abandonneroit-il ?

PIRITHOUS.

Je ne sais ; mais, Madame,
Un vaisseau cette nuit s'est échappé du Port.

ARIANE.

Ce n'est pas lui, sans doute ; on le soupçonne à tort,
Peut-il être parti sans que le Roi le sache ?
Sans que Pirithoüs, à qui rien ne se cache ....
Sans qu'enfin.... Mais de quoi me voudrois-je étonner ?
Que ne peut-il pas faire ? il m'ose abandonner !
Oublier un amour qui toujours trop fidele
M'oblige encor pour lui! ...

SCENE III.

NÉRINE, ARIANE, PIRITHOUS.

ARIANE, à *Nérine.*

Que fait ma sœur ? vient-elle ?
Avec quelle surprise elle va recevoir
La nouvelle d'un coup qui confond mon espoir !
D'un coup par qui ma haine à languir est forcée !

NÉRINE.

Madame, j'ai long-tems . . . . .

ARIANE.

Où l'as-tu donc laissée ?
Parle.

NÉRINE.

De tous côtés j'ai couru vainement.
On ne la trouve point dans son appartement.

ARIANE.

On ne la trouve point ! Quoi ! si matin ! .... Je tremble
Tant de maux à mes yeux viennent s'offrir ensemble
Que stupide, égarée, en ce trouble importun
De crainte d'en trop voir, je n'en regarde aucun.
N'as-tu rien ouï-dire ?

NÉRINR.

On parle de Thésée,
On veut que cette nuit, voyant la fuite aisée . . . .;

ARIANE.

O nuit! ô trahison dont la double noirceur
Passe tout . . . . Mais pourquoi m'alarmer de ma sœur ?
Sa tendresse pour moi , l'intérêt de sa gloire ,
Sa vertu , tout enfin me défend de rien croire . . . .
Cependant , contre moi quand tout prend son parti ,
Elle ne paroît point , et Thésée est parti. . . .
Qu'on la cherche ; c'est trop languir dans ce supplice :
Je m'en sens accablée ; il est tems qu'il finisse.
Quoique mon cœur rejette un doute injurieux ,
Il a besoin ce cœur du secours de mes yeux :
La moindre inquiétude est trop tard appaisée.

SCENE IV.

ARCAS, ARIANE, PIRITHOUS, NÉRINE.

ARCAS, à Pirithoüs.

SEIGNEUR . je vous apporte un billet de Thésée.

ARIANE, à Arcas.

Donnez , je le verrai . . . . Par qui l'a-t-on reçu ?
D'où l'a-t-on envoyé ? qu'a-t-on fait ? qu'a-t-on su ? . . .
    (A Nérine.)
Il est parti , Nérine. . . . Ah ! trop funeste marque !

ARCAS.

On vient de voir au port arriver une barque ;
C'est de-là qu'est venu le billet que voici.

                    Giij

ARIANE.

Lisons.... Mon amour tremble à se voir éclairci.
(Elle lit.)

THÉSÉE, à *Pirithoüs.*

» Pardonnez une fuite où l'amour me condamne :
» Je pars, sans vous en avertir.
» Phédre du même amour n'a pu se garantir ;
» Elle fuit avec moi. Prenez soin d'Ariane. »
Prenez soin d'Ariane ! .... Il viole sa foi ,
Me désespere, et veut qu'on prenne soin de moi !

PIRITHOUS.

Madame, en vos malheurs qui font peine à comprendre,

ARIANE.

Laissez-moi ; je ne veux vous voir, ni vous entendre.
C'est vous Pirithoüs dont le funeste abord ,
Toujours fatal ponr moi précipite ma mort.

PIRITHOUS.

J'ignore....

ARIANE.

Allez au Roi porter cette nouvelle ;
Nérine me demeure ; il me suffira d'elle.

PIRITHOUS.

D'un départ si secret le Roi sera surpris. /

ARIANE.

Sans son ordre Thésée eût-il rien entrepris ?
Son aveu l'autorise, et de ses injustices
Le Roi, vous et les Dieux, vous êtes tous complices.
(*Pirithoüs et Arcas sortent.*)

SCENE V.

ARIANE, NÉRINE.

ARIANE.

AH ! Nérine !

NÉRINE.

Madame , après ce que je voi ,
Je l'avoue , il n'est plus ni d'honneur, ni de foi ;
Sur les plus saints devoirs l'injustice l'emporte.
Que de chagrins !

ARIANE.

Tu vois, ma douleur est si forte
Que , succombant aux maux qu'on me fait découvrir ,
Je demeure insensible, à force de souffrir . . . .
Enfin d'un fol espoir je suis désabusée !
Pour moi, pour mon amour il n'est plus de Thésée :
Le tems au repentir auroit pu le forcer ;
Mais c'en est fait, Nérine, il n'y faut plus penser.
Hélas ! qui l'auroit cru, quand son injuste flamme;
Par l'ennui de le perdre accabloit tant mon ame ,
Qu'en ce terrible excès de peine et de douleurs
Je ne connusse encor que mes moindres malheurs ?
Une rivale au moins, pour soulager ma peine ,
M'offroit en la perdant de quoi plaire à ma haine ;
Je promettois son sang à mes bouillans transports ;
Mais je trouve à briser les liens les plus forts ,
Et quand dans une sœur, après ce noir outrage ,

Je découvre en tremblant la cause de ma rage ;
Ma rivale et mon traître, aidés de mon erreur ;
Triomphent par leur fuite et bravent ma fureur.
Nérine, entres-tu bien, lorsque le Ciel m'accable,
Dans tout ce qu'a mon sort d'affreux, d'épouvantable ?
La rivale sur qui tombe cette fureur,
C'est Phédre ! cette Phédre, à qui j'ouvrois mon cœur !
Quand je lui faisois voir ma peine sans égale,
Que j'en marquois l'horreur, c'étoit à ma rivale !
La perfide, abusant de ma tendre amitié,
Montroit de ma disgrace une fausse pitié,
Et jouissant des maux que j'aimois à lui peindre ;
Elle en étoit la cause et feignoit de me plaindre !
C'est-là mon désespoir. . . . pour avoir trop parlé,
Je perds ce que déja je tenois immolé !
Je l'ai portée à fuir, et, par mon imprudence,
Moi-même je me suis dérobé ma vengeance ! . . . .
Dérobé ma vengeance ! A quoi pensai-je ? . . . . Ah ! Dieux !
L'ingrate ! on la verroit triompher à mes yeux !
C'est trop de patience en de si rudes peines. . . .
Allons, partons, Nérine, et volons vers Athenes. . . ;
Mettons un prompt obstacle à ce qu'on lui promet :
Elle n'est pas encore où son espoir la met !
Sa mort, sa seule mort ! mais une mort cruelle. . . ,

NÉRINE.

Calmez cette douleur ! où vous emporte-t-elle ?
Madame, songez-vous que tous ces vains projets,
Par l'éclat de vos cris s'entendent au Palais ?

ARIANE.

Qu'importe que par-tout mes plaintes soient ouies ?

On connoît, on a vu des amantes trahies:
A d'autres quelquefois on a manqué de foi;
Mais, Nérine, jamais il n'en fut comme moi.
Par cette tendre ardeur dont j'ai chéri Thésée,
Avois-je mérité de m'en voir méprisée ?
De tout ce que j'ai fait considere le fruit.
Quand je fuis pour lui seul, c'est moi seule qu'il fuit;
Pour lui seul je dédaigne une Couronne offerte:
En séduisant ma sœur, il conspire ma perte.
De ma foi chaque jour ce sont gages nouveaux;
Je le comble de biens: il m'accable de maux;
Et par une rigueur jusqu'au bout poursuivie,
Quand j'empêche sa mort, il m'arrache la vie.
Après l'indigne éclat d'un procédé si noir,
Je ne m'étonne plus qu'il craigne de me voir.
La honte qu'il en a lui fait fuir ma rencontre;
Mais enfin à mes yeux il faudra qu'il se montre.
Nous verrons s'il tiendra contre ce qu'il me doit !
Mes larmes parleront: c'en est fait, s'il les voit !
Ne les contraignons plus, et, par cette foiblesse,
De son cœur étonné surprenons la tendresse.
Ayant à mon amour immolé ma raison,
La peur d'en faire trop seroit hors de saison.
Plus d'égard à ma gloire: approuvée ou blâmée,
J'aurai tout fait pour moi, si je demeure aimée. . . .
Mais à quel lâche espoir mon trouble me reduit !
Si j'aime encor Thésée, oubliai-je qu'il fuit !
Peut-être, en ce moment, aux pieds de ma rivale,
Il rit des vains projets où mon cœur se ravale.
Tous deux, peut-être.... Ah! Ciel! Nérine, empêche-moi

D'ouïr ce que j'entends, de voir ce que je voi !
Leur triomphe me tue, et toute possédée
De cette assassinante et trop funeste idée,
Quelques bras que contre eux ma haine puisse unir,
Je souffre plus encor qu'elle ne peut punir !

SCENE VI et derniere.

ŒNARUS, ARIANE, PIRITHOUS, NÉRINE, ARCAS.

ŒNARUS.

JE ne viens point, Madame, opposer à vos plaintes
De faux raisonnemens ou d'injustes contraintes,
Je viens vous protester que tout ce qu'en ma Cour....

ARIANE.

Je sais ce que je dois, Seigneur, à votre amour.
Je connois même à quoi ma parole m'engage ;
Mais.....

ŒNARUS.

　　　　A vos déplaisirs épargnons cette image.
Vous répondriez mal d'un cœur...

ARIANE.

　　　　　　　　Comment, hélas !
Répondrois-je de moi ? je ne me connois pas !

ŒNARUS.

Si du secours du tems ma foi favorisée,
Peut mériter qu'un jour vous oubliez Thésée....

ARIANE.

Si j'oublîrai Thésée ? Ah ! Dieux ! mon lâche cœur
Nourriroit pour Thésée une honteuse ardeur !
Thésée encor sur moi garderoit quelque empire !
Je dois haïr Thésée, et voudrois m'en dédire !
Oui, Thésée à jamais sentira mon courroux ;
Et, si c'est pour vos vœux quelque chose de doux,
Je jure par les Dieux, par ces Dieux, qui peut-être
S'uniront avec moi pour me venger d'un traître,
Que j'oublîrai Thésée, et que pour m'émouvoir,
Remords, larmes, soupirs manqueront de pouvoir.

PIRITHOUS,

Madame, si j'osois...

ARIANE, sans écouter Pirithoüs.

Non, parjure Thésée !
Ne crois pas que jamais je puisse être apaisée !
Ton amour y feroit des efforts superflus.
Le plus grand de mes maux est de ne t'aimer plus ;
Mais, après ton forfait, ta noire perfidie,
Pourvu qu'à te gêner le remords s'étudie,
Qu'il te livre sans cesse à de secrets bourreaux,
C'est peu pour m'étonner que le plus grand des maux.
J'ai trop gémi, j'ai trop pleuré tes injustices ;
Tu m'as bravée ! il faut qu'à ton tour tu gémisses. ....
Mais quelle est mon erreur ? Dieux ! je menace en l'air !
L'ingrat se donne ailleurs, quand je crois lui parler ;
Il goûte la douceur de ses nouvelles chaînes ! ....

(A Œnarus.)

Si vous m'aimez, Seigneur, suivons-le dans Athenes ;
Avant que ma rivale y puisse triompher,
Partons ; portons-y plus que la flamme et le fer.

Que par vous la perfide entre mes mains livrée !
Puisse voir ma fureur de son sang enivrée !
Par ce terrible éclat signalez ce grand jour,
Et méritez ma main en vengeant mon amour !

ŒNARUS.

Consultons-en le tems, Madame ; et s'il faut faire...

ARIANE.

Le tems ! mon désespoir souffre-t-il qu'on diffère ?
Puisque tout m'abandonne, il est pour mon secours
Une plus sûre voie et des moyens plus courts....
(*Elle veut se jeter sur l'épée de Pirithoüs qui l'en empêche.*)
Tu m'arrêtes, cruel !....

NERINE.

Que faites-vous, Madame ?

ARIANE, *à Nérine.*

Soutiens-moi, je succombe aux transports de mon ame....
Si dans mes déplaisirs tu veux me secourir,
Ajoute à ma foiblesse, et me laisse mourir.

ŒNARUS.

Elle semble pâmer ! Qu'on la secoure vîte.
Sa douleur est un mal qu'un prompt remede irrite;
Et c'en seroit sans doute accroître les efforts
Qu'opposer quelque obstacle à ses premiers transports.

FIN.

www.ingramcontent.com/pod-product-compliance
Lightning Source LLC
Chambersburg PA
CBHW060439260626
47161CB00005B/2000